Das Leben ist bunt

Minutengeschichten aus dem Markgräflerland

Jutta Geiger

Bibliografische Information der Deutschen Nationalbibliothek: Die Deutsche Nationalbibliothek verzeichnet diese Publikation in der Deutschen Nationalbibliografie; detaillierte bibliografische Daten sind im Internet über http://dnb.dnb.de abrufbar.

Fotos im Buch: Jutta Geiger
Titelfoto: Alex Presa, Unsplash.com
Titelgestaltung: Dr. Ulrich Geiger
Herstellung und Verlag: BoD – Books on Demand, Norderstedt

ISBN: 978-3-7519-9963-2

Über dieses Buch

Diese Minigeschichten, von denen dieses Buch eine Auswahl meiner schönsten enthält, entstanden während meiner Tätigkeit als freie Journalistin in den Jahren 2014 bis 2020. Ich schrieb sie für eine Wochenzeitung.

Es handelt sich dabei um kleine Anekdoten aus dem Leben, aber nicht unbedingt aus meinem eigenen. Vieles beobachtete ich auf der Straße, manches erzählten mir meine Freunde oder Bekannte, die wussten, dass ich immer auf der Suche war nach netten kleinen Geschichten, in denen es menschelt. Es sind teils lustige Begebenheiten, manche sollen auch zum Nachdenken anregen.

Die Kulisse ist das Markgräflerland. Die Geschichten spielen hier, in einer Region, wo viele Leute gerne Urlaub machen und ich seit 1998 wohne. Sie könnten aber überall sonst in Deutschland spielen.

Neu sind in dieser Ausgabe die Corona-Geschichten am Ende des Buches.

Neuenburg am Rhein, im September 2020

Jutta Geiger

Frühling

Erklärungsnöte

Ein Zweitklässler kommt von der Schule nach Hause.

»Mama, was bedeutet „Scham"?«, fragt der Siebenjährige die Mutter während des Mittagessens.

Die wundert sich. Über welche Dinge reden Zweitklässler, dass ihnen solche Wörter begegnen? Sie versucht es mit einer kindgerechten Erklärung:

»Scham kommt von „sich schämen" und bedeutet, dass einem etwas peinlich ist, also dass man nicht will, dass andere einen so sehen.«

Der Sohn überlegt kurz und sagt dann: »Mama, dann kann ich ab sofort nicht mehr in den Schulchor gehen!«

»Ja warum das denn?«, will die Mutter wissen.

»Weil im Lied vorkommt „Singen hat Scham", und dann muss mir das ja peinlich sein, wenn ich in den Chor gehe!«

Die Mutter lacht erleichtert und erwidert: »Da hast du was falsch verstanden. Ihr singt da sicherlich nicht „Singen hat Scham", sondern „Singen hat Charme", das ist etwas Positives.«

Der Bub versteht die Welt nicht mehr.

»Was ist das denn nun wieder?«, fragt er deshalb.

Jedenfalls kein Liedtext für Siebenjährige!

Horrorbotschaft

Ein Mann kommt nach der Arbeit nach Hause. Der Anrufbeantworter blinkt und er drückt eine Taste, um die Nachricht abzuhören.

Folgender Text ist von einer sehr aufgeregten Stimme zu hören:

»Ich brauche unbedingt deine Hilfe! Alle meine lebenswichtigen Organe sind verschwunden! Das Herz ist weg, die Lunge fehlt und auch das Gehirn ist nicht mehr aufzufinden. Kann ich mir deine ausleihen?«

Diese Nachricht kann unmöglich für ihn sein, beschließt der Mann.

Kurz darauf kommt seine Ehefrau nach Hause.

»Da ist ein Anruf auf dem Anrufbeantworter. Der klingt verzweifelt«, begrüßt er sie.

Sie hört die Nachricht ebenfalls ab und schmunzelt.

Kurz darauf sind Drucker-Geräusche zu hören.

»Meine Freundin hat ihre Organ-Bilder für den Erste-Hilfe-Kurs verlegt«, erklärt die Frau ihrem Ehemann. »Ich habe sie ihr nochmal ausgedruckt.«

»Dann kann ich ja beruhigt sein, wenn lebenswichtige Organe so leicht ersetzbar sind«, stellt ihr Mann mit einem Augenzwinkern fest, »denn das klang eher nach einem Anruf von Frankenstein!«

Zuständigkeitsbereiche

Der Lehrer im Fachraum ist mit dem Zustand des Zimmers unzufrieden. Er fordert die anwesenden Schüler vor dem Verlassen des Raumes auf, für Ordnung zu sorgen:

»Ihr beiden wischt die Tafel, ihr vier dort hebt das Papier vom Boden auf, ihr drei dort stellt mal die Stühle hoch und ihr zwei kehrt dann durch. Wie sieht es hier überhaupt aus? Das ist doch eine Zumutung! Macht mal Ordnung, das ist hier der Schülerbereich, dafür bin ich nicht zuständig!«

Die Kinder tun, was ihnen aufgetragen wurde und verlassen dann schnellstmöglich den Fachraum.

Als der Letzte gerade zur Tür hinaus will, ruft der Lehrer ihn zurück: »Warte mal, du kannst mir noch beim Tragen helfen, diese Versuchs-Modelle müssen zurück ins Lehrerzimmer!«

»Tut mir leid«, entgegnet der Jugendliche schlagfertig, »aber das gehört zum Lehrerbereich, für den bin ich nicht zuständig!«

Gewusst wo

Es ist ein Samstag und bereits 23 Uhr, als die Familie aus dem Osterurlaub zurückkommt.

Nach einer anstrengenden Reise wollen alle nur noch ins Bad und anschließend sofort ins Bett. Doch kaum sind die Kinder im Bad, ruft es auch schon laut:

»Mama, das Klopapier ist leer!«

Die Mutter, die Nachschub holen will, steht vor leeren Regalen.

»Mist«, denkt sie sich, »da haben die Kinder wahrscheinlich wieder die letzten Rollen verwendet und mir nicht Bescheid gegeben, dass ich neue kaufen muss. Wo bekomme ich nun um diese Zeit Klopapier her, noch dazu, wo es auch einen Sonntag zu überstehen gibt, bevor die Läden wieder öffnen?«

Da kommt ihr eine Idee.

Sie verlässt schnell das Haus und ist nach drei Minuten mit fünf Rollen Klopapier zurück. Als sie durch die Tür tritt, fragt ihr Mann überrascht:

»Wo hast du die denn jetzt hergezaubert?«

»Bei den Nachbarn geborgt«, antwortet sie ihm und lacht: »Die sind doch ab heute im Urlaub und ich habe den Schlüssel, um die Blumen zu gießen. Bis die zurückkommen ist alles wieder an Ort und Stelle.«

Das Neueste vom Neuen

Beim Training auf dem Fußballplatz. Es ist gutes Wetter und die Eltern kommen etwas früher, um noch ein paar Minuten zuschauen zu können.

»Ich will endlich mal ein neues Handy, nicht nur ein abgelegtes Modell«, erklärt eine Mutter einer anderen.

Die fragt nach: »Was für ein Modell hast du denn gerade?« Daraufhin zieht die Erste das Gerät aus der Tasche.

»Wow«, meint die Zweite entzückt »so ein schickes Teil hätte ich auch mal gerne!«

»Aber es ist nur das abgelegte Handy meines Mannes. Ich wünsche mir jetzt das allerneueste Modell von ihm zum Geburtstag.«

Daneben stehen die Eltern eines anderen Kindes und schmunzeln über das Gehörte. Beide besitzen vorsintflutliche Handys. Auf der Heimfahrt fängt die Ehefrau an zu kichern.

»Ich weiß jetzt, was ich mir zum Geburtstag wünsche«, sagt die Frau lachend.

»Und das wäre?«, will ihr Mann wissen.

»So ein neues Niedrigenergiehaus«, fordert die Frau.

»Aber sonst geht es dir gut?«, fragt ihr Mann irritiert, ist aber doch auf die Begründung gespannt.

»Na ganz einfach«, erwidert sie »wir wohnen immer nur in abgelegten Wohneinheiten anderer Leute. Und jetzt will ich auch mal ein eigenes Haus und das Neueste vom Neuen!«

Wer Glück hat, kann auch Pech haben

Zwei befreundete Frauen wollen gemeinsam um 18 Uhr eine Veranstaltung im Freiburger Konzerthaus besuchen. Als Verkehrsmittel wählen sie den Zug ab Müllheim um 17.23 Uhr. Da jedoch die Automaten am Bahnhof gerne außer Betrieb sind oder man mit Warteschlangen vor dem Automat rechnen muss, hat die eine den Fahrschein im Voraus besorgt.

Ziemlich früh treffen beide am Müllheimer Bahnhof ein und siehe da, es fährt gerade ein Zug ein, der nach Freiburg fährt.

»Wir haben Glück«, sagt die eine »komm, den nehmen wir gleich.«

Die Freundinnen steigen ein. Im Zug sitzen sich beide gegenüber und die Käuferin der Fahrkarte erklärt ihrer Freundin, dass man auf die Minute genau bestimmen kann, ab wann das Ticket gültig sein soll. Auf dem Ticket steht die geplante Abfahrtszeit ihres Wahlzuges, nämlich 17.23 Uhr.

»Oh verflixt!«, ruft die andere bestürzt, »es ist erst 17.05 Uhr , unser Ticket ist noch gar nicht gültig!«

Verärgert über ihren dummen Fehler beschließen die Frauen, am nächsten Halt auszusteigen und auf ihren ursprünglich geplanten Zug zu warten. Doch gerade noch rechtzeitig fällt ihnen ein, dass »ihr« Zug dort gar nicht halten wird. Auf der Suche nach einer anderen Lösung wollen sie den Schaffner fragen, daher steigen sie doch aus und suchen den Schaffner auf dem Bahnsteig. Dieser steht ganz vorne an der Lok, so dass die Damen gezwungen sind zu rennen. Doch der Schaffner pfeift, noch bevor sie ihn erreicht haben. Im letzten Moment hüpfen beide Freundinnen wieder in den Zug.

»Aua«, ruft die Hintere, »mein Fuß klemmt noch in der Tür!«

Mit einigem Zerren schafft sie es, ihn herauszuziehen.

»Warum haben wir ausgerechnet so eine alte Rumpelkiste erwischt, die keine Lichtschranke hat? Damit wäre das nicht passiert«, schimpft die Frau und reibt sich den schmerzenden Knöchel.

Beim nächsten Halt angekommen, stellen sie fest, dass ihr Ticket noch immer nicht gilt, es aber draußen in Strömen regnet und der Haltepunkt keine Unterstellmöglichkeit bietet, weshalb sie kurzentschlossen im Zug verbleiben. Endlich in Bad Krozingen steigen sie aus, um brav auf ihren richtigen Zug zu warten. Kaum ist der zu frühe Zug weg, erscheint auf der Anzeigetafel, dass ihr Zug eine Viertelstunde verspätet ist.

»Wir haben aber auch ein Pech! Hoffentlich schaffen wir es noch rechtzeitig zu Veranstaltungsbeginn!«, murmelt eine der beiden frierend.

Pünktlich um 18 Uhr erreichen beide Damen rennend, die eine davon etwas humpelnd, das Konzerthaus.

»Puh«, ruft die eine, »gerade noch rechtzeitig, da haben wir nochmal Glück gehabt!«

Vorbildfunktion

Bei wechselhaftem Wetter trifft sich die F-Jugend eines Weindorfs auf dem Kunstrasenplatz zum Training.

»Jungs, räumt eure Taschen und Jacken unter das Vordach des Vereinsheims!«, lautet die Anweisung des Trainers. »Das sieht einerseits ordentlicher aus, als wenn hier alles in der Ecke des Kunstrasenplatzes rumliegt, andererseits müssen wir dann auch nicht in Hektik verfallen, sollte es plötzlich beginnen zu regnen.«

Nur eine Jacke in leuchtendem Orange hängt weiterhin über dem Geländer an der Seite des Kickplatzes.

»He, Trainer«, ruft einer der zuschauenden Väter vom Spielfeldrand aufs Feld, »was ist mit deiner Jacke, die hier hängt? Sei mal Vorbild!«

Später beginnt es zu regnen.

Genau eine Jacke wird deshalb nass.

Sie ist orangefarben.

Nebenbeschäftigung

»Und, wer hat gewonnen?«, möchte die Mutter wissen, als ihr Zwölfjähriger vom Fußballplatz zurückkommt, wo die heimische Aktivmannschaft ein Punktspiel absolvierte.

»Ich!«, antwortet der Bub stolz.

»Wieso du? Das war doch ein Spiel der Erwachsenen!«, entgegnet die Mutter irritiert.

»Aber ich habe 8 Euro verdient, mein Freund nur 5 Euro«, triumphiert der Sohn.

»Geld verdienen? Beim Fußball? Ich dachte, du gingest da zum Zuschauen hin?«, fragt die Mutter entgeistert nach.

»Klar«, nickt der Junge bestätigend »während des Spiels sehen wir zu. Aber in der Pause und nach Abpfiff sammeln wir leere Flaschen ein, die sichtlich keinem gehören. Das Flaschenpfand ist dann unser Verdienst.«

Viel Geld gespart

Der Rollladen im Kinderzimmer lässt sich nur noch bis zur Hälfte nach oben ziehen, dann wird der Gurt nicht mehr aufgewickelt. Die Mutter ruft daher einen Handwerker an.

Der sieht sich das Ganze an, schüttelt den Kopf und meint, die Wickelvorrichtung für diesen Rollladen könne man nicht mehr kaufen, er könne jedoch probieren, sie zu reparieren.

Wenig später erklärt er der Frau, dass dieser Versuch gescheitert sei. Er rate ihr zu einem elektrischen Antrieb, der sei viel geschickter, meint er und verspricht, einen Kostenvoranschlag zu schicken.

Dieser trifft tatsächlich zwei Tage später mit der Post ein und beim Öffnen trifft die Frau fast der

Schlag. 700 Euro allein für den elektrischen Antrieb, die Kosten für den Elektriker, der das Ganze anschließt, sind noch gar nicht drin.

»Das kostet uns ja tausend Euro«, sagt die Frau am Abend zu ihrem Mann, als dieser nach Hause kommt. »Das ist mir ehrlich zu teuer, da muss eine andere Lösung her!«, ergänzt sie und fängt an, im Internet zu googeln.

Mit den Maßen des ausgebauten Rollladengurtwicklers, der angeblich veraltet ist, wird sie bald fündig, bestellt diesen für 15 Euro plus Porto und zwei Tage später ist er auch schon da.

Nachdem der Handwerker das Loch offen gelassen hatte, setzt ihr Mann am Abend den Ersatz ein, und mit wenigen Handgriffen ist der Rollladen wieder funktionsfähig.

»Super!«, freut sich die Frau »Da haben wir aus 1.000 Euro Kosten kurz mal 20 Euro gemacht.«

Wunderteppich

Die Tochter hat eine neue Zimmereinrichtung erhalten. Es fehlen nur noch ein paar Accessoires.

»Einen Teppich brauche ich noch«, meint die Tochter »und ich weiß auch schon, was für einen ich möchte, nämlich so einen Wunderteppich, wie einer im Wohnzimmer liegt!«

Die Eltern blicken sich ratlos an.

»Wunderteppich?«, fragt die Mutter argwöhnisch. »Im Wohnzimmer liegt doch nur der bunte

Teppich unter dem Sofatisch, der mit den langen Zotteln, der ganz entsetzlich schlecht sauber zu machen ist, weil der Staubsauger jedes Mal an den langen Zotteln scheitert.«

Die Tochter beginnt zu strahlen: »Genau den meine ich, so einen brauche ich auch in meinem Zimmer!«

»Verstehe ich nicht«, meint die Mutter, »was ist denn an dem so toll? Und warum nennst du ihn „Wunderteppich"?«

»Ganz einfach«, entgegnet die Tochter »in diesem bunten Zottelteppich habe ich schon die tollsten Dinge gefunden, wenn ich darauf lag zum Fernsehen: einen vermissten Ohrring, eine Büroklammer, ein Zwei-Euro-Stück, ...«, schwärmt sie geradezu.

Plötzlich verdüstert sich ihr Gesicht und sie meint: »Aber die Hasenköttel, die ich auch schon darin gefunden habe, auf die hätte ich wirklich verzichten können!«

Kindliche Logik

Die Oma aus Hamburg besucht den dreieinhalbjährigen Enkel im Markgräflerland.

»Und du lernst jetzt tatsächlich schon Französisch im Kindergarten?«, fragt sie ihren Enkel zweifelnd.

Der Kleine nickt stolz.

»Und kannst du denn schon irgend etwas sagen auf Französisch?«, fragt die alte Dame voller Neugier.

Der Enkel strahlt sie an und sagt: »Nussbeton bon appetit!«

Die Oma zieht die Augenbrauen in die Höhe: »Nussbeton?«, überlegt sie laut. »Nun ist es schon etwas her, dass ich in der Volkshochschule Französisch gelernt habe, aber an Nussbeton kann ich mich überhaupt nicht erinnern. Was soll das denn heißen, in der Verbindung mit dem guten Appetit?«

Die Mutter des Jungen lacht und erklärt, was der Bub meint: »Nous souhaitons ….«

Sogleich fällt ihr der Kleine ins Wort: »Nein, es heißt Nussbeton! Das andere versteht doch keiner«.

Heute schon geduscht?

Draußen regnet es wie aus Kübeln, der Himmel ist grau und wolkenverhangen.

Trotz allem ist es irgendwann Zeit, sich auf den Weg zur Schule zu machen. Glücklicherweise ist diese nicht weit, zu Fuß braucht das Kind gerade einmal 10 Minuten.

Die Mutter erbarmt sich und begleitet ihren Sprössling mit einem riesigen Zweimannschirm auf dem Weg zur Grundschule.

Den anderen Eltern und Kindern ging es wohl ähnlich, keiner wollte früh hinaus, dementsprechend spät sind die Leute dran. Die meisten fahren ihren Nachwuchs gleich mit dem Auto bis vor das Schultor.

Auch das Tempolimit und das Halteverbot vor der Schule interessieren wie immer keinen.

Eine Pfütze am Straßenrand ist für die fahrenden Eltern auch kein Grund, das Tempo zu drosseln, die Fußgänger, die vielleicht gerade auf Höhe der Pfütze auf dem Gehweg unterwegs sind, werden einfach ignoriert.

So kommt der Sprössling zwar irgendwann relativ trocken in der Schule an, die Mutter jedoch, die die doppelte Strecke zurücklegt, ist bei Ankunft zu Hause recht nass – vor allem an den Beinen – und beschließt, zukünftig diesen Weg nur noch mit Regenhose anzutreten.

Gut erzogen!?

Weil Fasnachtszeit ist und sich Besuch zur Kaffeezeit angekündigt hat, beschließt die Gastgeberin, beim Bäcker für die Kinder noch ein paar Berliner zu holen, so dass sie eine Eierlikörtorte für die Erwachsenen backen kann.

Beim Bäcker ist die Berlinerauswahl riesig, sie kauft die mit Schokolade gefüllten, die mit Zuckerguss bestrichen und einem lustigen Gesicht verziert sind.

Da die Verkäuferin die Berliner nur lieblos in eine Tüte geworfen hat, sind beim Auspacken zwei der Gesichter verschmiert. Die Gastgeberin beschließt daher, die Schmiergesichter zwar trotzdem auf den Tisch zu stellen, will aber ihre eigenen beiden Kinder bitten, diese zu nehmen, damit die schönen Berliner für die Gastkinder bleiben.

Kaum sind die Gäste da, alle an der Kaffeetafel versammelt und die Berliner auf dem Tisch, greift ihr Sohn beherzt nach einem der Schmiergesicht-Berliner. Ihr anderer Sohn tut es ihm nach.

Freudig überrascht, dass ihre Söhne automatisch richtig reagiert haben, lobt sie sich innerlich selbst für ihre gute Erziehung.

Als am Abend die Gäste weg sind, spricht sie das Lob an ihre Söhne aus: »Das ist nett von euch, dass ihr die verschmierten Gesichter genommen habt und die schönen Gesichter extra den anderen gelassen habt!«

»Ach was«, ruft einer der Söhne, »die Gesichter waren uns doch völlig egal. Aber diese beiden Berliner waren eindeutig die größten!«

Mut zur Individualität

Sich feiern und verwöhnen lassen ist toll. Mal nicht selbst kochen müssen, sich nicht überlegen, ob man alles im Haus hat, was man zum Kochen braucht.

Am Morgen einen Blumenstrauß geschenkt bekommen, einen Ausflug machen und einfach den Tag genießen.

Dumm nur, dass dies am offiziellen Muttertag im Mai alle Mütter gleichzeitig vorhaben.

So sind die Restaurants und Parkplätze überfüllt, wenn man überhaupt noch irgendwo einen Platz bekommt, und die Ausflugsziele sind ebenfalls überlaufen.

Aber wer sagt eigentlich, dass alle am selben Tag Muttertag feiern müssen? Geburtstag feiern ja zum Glück auch nicht alle Menschen an ein und demselben Tag.

Wer also mutig ist, fällt aus der Rolle und verschiebt den individuellen Muttertag auf einen Tag seiner Wahl. Vielleicht auf den Sommer, um ihn im Freibad zu verbringen? Vielleicht auf den Winter, um ihn im Schwarzwald mit Wintersport zu verbringen? Oder man bleibt bei einem Muttertag im Mai, feiert aber erst eine Woche später als alle anderen.

Dann kann man nämlich von all den Besonderheiten, die es in den Geschäften extra zum Muttertag gibt, billig profitieren. Die besonderen Sachen mit der Aufschrift »Zum Muttertag« werden meist nach diesem preisreduziert angeboten, sind aber ja noch genießbar. Also kauft man sie zum halben Preis und freut sich die Woche danach darüber, genau wie über die Bastelarbeiten der Kinder aus dem Kindergarten, die eben eine Woche länger aufs Überreichen warten müssen.

Oder man legt den individuellen Muttertag auf Ende Februar und kauft dafür alles in Herzform, was die Geschäfte zum Valentinstag nicht losbekommen haben, ebenfalls preisreduziert.

Eine Überlegung ist es jedenfalls wert.

Immer flexibel bleiben

Wie schön ist es doch, dass man am »Tag der Arbeit« eben dies nicht tun muss: Arbeiten!

Aber wie oft ist es so, dass ausgerechnet an diesem Tag, an dem man nicht arbeiten muss und der Frühling in vollem Gang sein sollte, das Wetter nicht mitmacht?

Was ist mit all den Hocks und Festen, Maiwanderungen und Angrill-Feten, wenn es draußen einen Kälteeinbruch gibt oder es einfach von früh bis spät regnet?

Umdisponieren lautet das Zauberwort. Gegrillt wird zu Hause auf dem Balkon, notfalls unter einem aufgespannten Sonnenschirm, der einem den Regen abhält.

Gewandert wird nur bis zum nächsten Bauern in der Nachbarschaft, der auch am Feiertag frische Eier in Selbstbedienung bereitstellt. Die Eier landen sogleich im Kuchenteig und dieser im Ofen, denn anstatt sich beim Maihock zu treffen, wo man frierend auf einer Bierbank hockt, kann man sich die Gäste auch nach Hause einladen und gemeinsam Kuchen backen und essen.

Und wenn man eh schon zu Hause ist, kann man dort so viel Maibowle trinken, wie man will, ohne sich wegen Alkohols am Steuer Gedanken machen zu müssen.

Also flexibel bleiben – dann hat auch ein verregneter Maifeiertag seine Reize!

Hellseherische Fähigkeiten

Manch ein Erwachsener hat Grund zur Freude, denn auf Himmelfahrt am Donnerstag folgt für viele ein freier Brückentag am Freitag, so dass man ein verlängertes Wochenende planen kann.

Ungeschickt ist es hingegen, wenn der Freitag für die Schulkinder nicht ebenfalls frei ist, sondern diese zur Schule müssen.

Die Lehrerin erinnert daher ihre Erstklässler daran, dass zwar der Donnerstag frei sei, sie sie jedoch am Freitag wieder in der Schule erwarte.

Ein Mädchen widerspricht: »Am Freitag bleibe ich zu Hause!«, weiß es schon jetzt.

Auf Nachfrage der Lehrerin, wie das denn käme, erklärt die Schülerin, dass man ja zu Hause bleiben dürfe, wenn man krank sei. Da gibt die Lehrerin ihr recht, fragt jedoch nach, wie sie denn am Mittwoch schon wissen wolle, dass sie am Freitag krank sei.

»Weil meine Mama zu mir gesagt hat: »Am Freitag bist du krank!««

Unerwarteter Fund

Zeit für den Frühjahrsputz.

Die Frau hat sich vorgenommen, einmal den Vorratsschrank von oben bis unten durchzugehen. Dort warten reichlich Konserven und andere Dinge, die mal auf ihre Haltbarkeit überprüft werden müssen.

So auch die beiden Dosen mit grünem Plastikdeckel, die der Frau überhaupt nichts sagen.

»Wo kommt ihr denn her?«, fragt sie die Dosen, auf denen steht, dass sie karamellisierte Walnüsse enthalten. »Euch habe ich nicht gekauft, das wüsste ich – euch hat doch sicher die Schwiegermutter als Geschenk für die Jungs geschickt!«, redet sie weiter mit ihrem Fund.

Das Verfallsdatum ist bereits zwei Jahre überschritten.

Da sie ein Freund der Mülltrennung ist, nimmt sie die Plastikdeckel ab, um die Dosen vor der Entsorgung zu leeren.

Doch was ist das? Unter jedem Plastikdeckel kommt ein Geldschein hervor, es sind jeweils 5 Euro.

»Klasse, da hat sich das Sichten ja mal bezahlt gemacht – im wahrsten Sinne des Wortes!«

Seiner Zeit hinterher

Die Familie kommt aus dem Fasnachtsurlaub.

Die Post, die von den Nachbarn auf den Tisch gelegt wurde, wird gesichtet.

»Was ist denn in diesem großen, stabilen Kuvert?«, möchte die Frau wissen. »Das sieht noch dazu aus, als käme es aus dem Ausland!«

Der Mann öffnet es und präsentiert den Inhalt: einen Eisenbahnkalender.

»Der kommt von dem internationalen Eisenbahnclub, bei dem ich Mitglied bin«, erklärt er seiner Frau.

»Aber wir haben Anfang März«, reklamiert die Frau, »was will man da noch mit einem Kalender? Da hat man sich doch schon längst mit genügend Kalendern eingedeckt!«

Der Mann lacht: »Ich nutze den nicht als Kalender, ich freue mich einfach über die schönen Fotos. Das Kalendarium schneide ich ab, dann hänge ich ihn mir ins Geschäft. So kann ich ihn von vorne benutzen und wenn der nächste Kalender im Folgejahr wieder so spät kommt, dann kommt es ja genau hin mit den Fotos.«

Schön wär's!

Am Valentinstag um die Mittagszeit stellt eine Frau einen gigantischen Strauß dunkelroter Rosen in den Status ihres WhatsApp-Profils.

Es geht nicht lang, da reagieren die ersten Kontakte auf das Bildnis der Blumenpracht:

»Wow, was für ein toller Strauß!« äußert jemand.

»Hast du einen neuen Verehrer oder ist der etwa von deinem Mann?«, möchte die beste Freundin wissen.

»Wer verschenkt denn solch einen tollen Strauß?«, fragt eine Kollegin an, eine andere Bekannte schreibt einfach nur: »Neid – so einen will ich auch!«

Am nächsten Tag klärt die Frau die Herkunft des Bildes auf: »Leider habe ich diesen tollen Strauß nicht zum Valentinstag bekommen, sondern er stand als Dekoration im Eingangsbereich eines Nobelrestaurants – wo ich nicht mal gegessen habe, sondern nur vorbeigelaufen bin.«

Wenn einer eine Reise tut ….

Zwei Wochen nach den Osterferien treffen sich zwei Freundinnen zum gemeinsamen Frühstück.

»Nun erzähl mal, wie war euer Osterurlaub auf Mallorca?«, fragt die Daheimgebliebene nach.

»Ach, frag mich lieber nicht«, meint die Urlauberin und winkt genervt ab: »Die Leute im Hotel waren unfreundlich, das Wetter kalt, und dann ging auf der Rückreise auch noch einer der Koffer verschollen.

Das war natürlich der, in den ich alle Dreckwäsche hineingetan hatte, inklusive dem Sportzeug. Selbst das Badezeug hatte ich noch nass eingepackt, denn morgens waren wir noch im Hallenbad, der Flug ging ja erst abends.

Und wie es dann immer so ist: Der Bub hatte in der Woche nach dem Urlaub irgendeinen Wettkampf in der Halle und beim Mädel wurden im Schulschwimmen Noten abgenommen.

Daher musste ich auf die Schnelle noch neue Hallenturnschuhe und einen neuen Badeanzug kaufen. Beides war genau einmal benutzt worden, da kam dann endlich unser Koffer nach 5 Tagen bei uns an!«

Gute Wünsche

Im Discounter an der Kasse verstaut eine Frau ihre Einkäufe in den Fahrradtaschen. Sie hat genau ausgezirkelt, was wohin muss, damit alles hineinpasst und der Deckel gerade noch zugeht.

Mit dem Rückgeld zusammen drückt ihr der Kassierer zwei Rubbellose in die Hand und meint:

»Ich wünsche Ihnen, dass Sie das Auto gewinnen – dann müssen Sie zukünftig nicht mehr mit dem Fahrrad kommen und können auch mehr einkaufen!«

»Das ist nett von Ihnen«, entgegnet die Fahrradfahrerin, »aber eigentlich komme ich extra mit dem Fahrrad und lasse das Auto zu Hause, um an die frische Luft zu kommen und Bewegung zu haben! Aber was Sie mir gerne wünschen können, ist, dass ich immer gutes Wetter habe, wenn ich aufs Rad sitze. Nur leider wird gutes Wetter in den Rubbellosen nicht zu gewinnen sein!«

Verblüffende Namensgebung

Im Restaurant sitzt eine größere Gruppe beim Essen zusammen.

Am Tisch herrscht während des Essens Stille, daher hören alle, wie eine der Bedienungen nach draußen ruft:

»Peter, kommst du?«

Nichts geschieht.

Die Kellnerin ruft eindrücklicher:

»Peter, nun komm schon!«

Alle am Tisch schauen erwartungsvoll auf die Terrassentür, durch die dann ein schwarzer Kater hereinmarschiert, durchs Lokal läuft und dann der Rufenden durch eine Seitentür folgt.

»Ich dachte, die ruft nach dem Kellner«, meint einer der Essenden.

»Ich auch!«, sagen drei andere gleichzeitig.

»Und dieser Kater ist ja auch noch ein schwarzer Peter!«, meint eine der Damen am Tisch, »Beim Kartenspiel versucht man doch, den loszuwerden. Hier ist das eindeutig nicht der Fall.«

Unnötige Sorgen

Gerade noch rechtzeitig, bevor ein Gewitter mit Graupel losbricht, kommt die Frau von einem Spaziergang nach Hause.

»Ein Gewitter im Frühjahr – wo gibt es denn sowas?«, wundert sie sich und schaut in den Kinderzimmern nach, ob ihre Kinder zu Hause sind.

Sohn und Tochter sitzen an den Hausaufgaben und vor dem Fernseher, der 14-Jährige fehlt jedoch.

Sie fragt den Ältesten, wo der Jüngste sei.

»Unterwegs, nehme ich an«, sagt dieser. Das befürchtet auch die Mutter. Sie schreibt ihm eine WhatsApp-Nachricht:

»Wo bist du? Bitte stell dich bei dem Wetter irgendwo unter.«

Prompt kommt die Antwort.

»Bin zu Hause, auf der Toilette.«

Die Mutter lacht erleichtert auf und überlegt dabei, wie das früher wohl war, als die Familien weit mehr Kinder hatten und es noch keine Technik dieser Art gab.

Sommer

Die Schultüte

Was haben Brautkleid und Schultüte gemeinsam? Man benutzt beides nur ein einziges Mal. Selbst wenn man mehrmals heiratet, man trägt sicher bei jedem neuen Gatten ein anders Kleid.

Eingeschult wird man aber tatsächlich nur ein einziges Mal. Dem großen Tag voraus gehen zahlreiche Überlegungen hinsichtlich Material, Farbe und Motiv. Kaufen oder selbst basteln? Bastelpackung oder Eigenkreation?

Manchmal sieht man am Tag der Einschulung Freundesgruppen, in denen jeder tatsächlich die gleiche Schultüte hat, nur die Ausführung der Bastelarbeit differiert ein bisschen.

Doch die Tüte eines Mädchens bei der Einschulung im Jahr 2013 unterscheidet sich ganz gewaltig von allen anderen: Sie ist pink, fast so groß wie ihre Besitzerin, hat eindeutig Überbreite und anstatt eines Motivs prangt ein riesiges Fotos des Mädchens darauf.

Die anderen Kinder tuscheln: »Hast du diese Schultüte gesehen? Was da wohl alles drin ist?«

Die Mütter tuscheln ebenfalls: »Was da wohl alles rein muss, bis die endlich voll ist? Mir hat schon das Füllen der normalen Größe gereicht!«

Schade, dass es ein Geheimnis bleiben wird. Und was passiert eigentlich mit all den Wundertüten, wenn der große Tag vorbei ist?

Duschen mal anders

Sommer, Sonne, Hitze – und keinerlei Regen in Sicht. Längst haben die Maisbauern dafür gesorgt, dass ihre Felder künstlich beregnet werden, indem sie Wasserspeier in die Felder gestellt haben, die eifrig dafür sorgen, dass das satte Grün nicht welk und gelb wird.

Da das spritzige Nass auch ein bisschen über den Feldrand hinaus regnet, stehen dort drei Kinder in T-Shirt und kurzer Hose an einem schattigen Plätzchen und freuen sich, sobald die nasse Abkühlung sie trifft. Und wenn es ihnen in den nassen Sachen doch zu kühl wird, treten sie kurzerhand in die Sonne, lassen sich wieder aufwärmen und trocknen und dann geht der Spaß von vorne los.

Ein herrliches Vergnügen, das jeden Tropfen nutzt, keinen Eintritt kostet, schnell erreichbar ist und bei dem es kein Gedränge gibt.

Bitte keine Gäste!

Am Samstagmorgen beim Frühstück studiert der Mann ausgiebig die neueste Ausgabe der Wochenzeitung.

Plötzlich lacht er laut auf. Seine Frau schaut ihn interessiert an: »Gibt es etwas Lustiges in der Zeitung?«, fragt sie neugierig.

»Ein griechisches Restaurant lädt zur Neueröffnung ein«, erwidert ihr Gatte.

»Und was amüsiert dich daran so?«, fragt seine Frau in der Erwartung irgend einer Kuriosität.

»Ich lese es dir vor«, meint der Mann und liest folgenden Text vor:

»Wir freuen uns, Sie am 28. August in unserem neu eröffneten, griechischen Restaurant begrüßen zu dürfen. Kommen Sie ab 17 Uhr vorbei und erhalten Sie ein Glas Sekt, während Sie sich umschauen.«

»Ich verstehe immer noch nicht, was daran so lustig ist«, meint seine Frau leicht genervt, »das hört sich doch ganz gut an. Wo ist das denn, sollen wir da mal hingehen?«

»Genau das ist es ja, was ich so lustig finde: Sie verraten uns nicht, wo sie eröffnen, da sie anscheinend keine Gäste empfangen wollen«, meint der Mann schmunzelnd, »hier stehen weder der Ort noch die Straße, und schon gar keine Telefonnummer.«

Eis geht immer!

Im Eiscafé sitzen zwei Freundinnen und tratschen, während jede genüsslich ihren Eisbecher löffelt.

Nachdem sie zu Ende gegessen haben, bestellt sich eine der Frauen gleich einen zweiten Eisbecher anderer Geschmacksrichtung. Als auch dieser verspeist und der Tisch abgeräumt ist, sind den beiden Frauen die Gesprächsthemen noch lange nicht ausgegangen.

Da tritt plötzlich eine weitere Freundin an den Tisch.

»Komm, setz dich doch zu uns«, wird sie von der Frau, die schon zwei Eisbecher gegessen hat, aufgefordert, »wir sind auch gerade erst gekommen.«

Also bestellt die Eisliebhaberin einen dritten Eisbecher, während die andere Freundin, die bereits einen verspeist hat, zum Kaffee übergeht.

Als alle drei fertig sind und zahlen wollen, sagt die, die zuletzt kam, zum Kellner: »Das geht alles auf eine Rechnung« und zu den anderen Damen sagt sie: »Das war doch jetzt nett, dass wir uns hier getroffen haben, das sollten wir öfter machen, und daher lade ich euch ein!«

Dass sie dann insgesamt 36 Euro für angeblich nur zwei Eisbecher und einen Kaffee zahlen soll, verwundert sie dann aber doch.

Wenn es schnell gehen muss

Eine Angestellte der Stadtverwaltung wirft sich für einen offiziellen Termin mit Gästen in Schale. Da das Wetter gut ist, entscheidet sie sich für das Fahrrad, um zum Termin zu radeln, da dieser nicht weit entfernt stattfindet.

Kurz bevor sie das Haus verlassen will, klingelt ihr Handy und sie wird vom Telefonat aufgehalten, so dass sie sich anschließend sputen muss, um noch rechtzeitig zu Beginn der Veranstaltung anzukommen.

Vor dem Schuhschrank überlegt sie nicht lange, wählt die blauen Pumps zu ihrer Garderobe, schwingt sich auf ihren Drahtesel und radelt los.

Unterwegs fällt ihr Blick nach unten, wo ihre Füße in die Pedale treten.

Beide Schuhe sind blau – aber gehören zu unterschiedlichen Paaren.

Genau das Passende

Das Autohaus eines Weindorfs feiert ein rundes Jubiläum mit vielen geladenen Gästen.

Da es Sommer ist und das Wetter mitspielt, hat man sich für Spezialitäten vom Grill entschieden, die ein Cateringservice direkt vor den Augen der Gäste zubereitet.

Eine Dame entscheidet sich für eine Scheibe Fleisch von einem ganz besonders saftig aussehenden Fleischstück.

»Wie nennt sich denn dieses saftige Stück, von dem Sie das herunterschneiden?«, möchte die Dame gerne vom Grillmeister wissen.

»Das«, so erklärt ihr der Fachmann »das ist das Bürgermeisterstück.«

»Dann ist das ja genau das Passende für mich!«, meint ein Herr im Anzug, der neben der Dame steht und dem Grillmeister erwartungsfroh seinen Teller entgegen hält.

»Bitte ebenfalls eine Scheibe für mich - denn ich bin der Bürgermeister dieses Ortes!«

Falsches Verständnis von Sportlichkeit

Mit dem Fahrrad macht sich ein Freizeitsportler auf den Weg zum Trimm-Dich-Pfad in Neuenburg am Rhein.

Es ist Sommer, trocken, die Sonne scheint und die Temperaturen sind geradezu ideal für Sport im Freien.

Kaum ist der Radler auf den unbefestigten Weg eingebogen, der von der Straße abgeht und ihn den letzten Kilometer bis an sein Ziel bringt, wird er von einem Auto überholt, das augenblicklich den Weg hinter sich, den der Fahrradfahrer aber noch vor sich hat, in braune Staubwolken hüllt.

»Zum Kuckuck!«, schimpft der Fahrradfahrer laut, »Was ist das denn für ein Verständnis von Sport, wenn man mit dem Auto bis zur ersten Station vorfährt?

Das ist das Gleiche, wie mit dem Aufzug fahren anstatt Treppen zu laufen, dafür aber ins Sportstudio gehen und dort auf dem Trepp-Stepp trainieren.

Bis ich jetzt beim TrimmDich-Pfad ankomme, habe ich eine Staublunge, und mir bleibt schon die Luft weg, bevor ich noch mit der ersten Übung überhaupt angefangen habe!«

Tarnen und Täuschen

Ein Jugendlicher war während der Sommerferien im Zeltlager mit seinen Freunden.

Als die Mutter nach seiner Rückkehr den Koffer auspackt, findet sie sämtliche Handtücher nicht nur in komplett trockenem, sondern auch in völlig sauberem Zustand vor.

»Ja sag mal, hast du dich während der Ferien denn gar nicht gewaschen?«, fragt sie verwundert, »Oder hattet ihr dort die Möglichkeit zu waschen? Andererseits – der Rest der Wäsche ist doch benutzt! Hier stimmt doch was nicht!«

Der Bub grinst und erwidert: »Ich hab mich gewaschen, ganz gründlich sogar, und geduscht hab ich jeden Tag mindestens zweimal!«

Die Mutter schaut ihn prüfend an und will Einzelheiten wissen.

»Weißt du, mein Kumpel Johannes hatte keine Lust auf die ständige Körperpflege, aber seine Mutter ist da ganz streng in solchen Sachen. Sie hat ihm Unmengen an Hand- und Duschtüchern mitgegeben. Damit seine Mutter also nicht merkt, dass er es mit dem Baden und Duschen nicht so genau genommen hat, hab ich einfach ausschließlich seine Handtücher benutzt. Das spart dir das Waschen und ihm ist auch geholfen!«

Kindermund tut Wahrheit kund

Es sind Sommerferien im Kindergarten, draußen regnet es.

Die Mutter ist mit ihren Nerven am Ende und nutzt den Fernseher als Beschäftigungsmittel für ihre drei Kleinen. Es läuft gerade die Sesamstraße, die alle drei mit Interesse verfolgen.

Am Abend singt einer der Sprösslinge die Titelmelodie der Sesamstraße lauthals vor sich hin, so wie er sie verstanden hat: »Wieso, weshalb, warum? Wer mich fragt, bleibt dumm!«

Die Mutter muss schmunzeln.

»Da ist was Wahres dran«, denkt sie sich, »zumindest, so lange der Bub noch so klein ist. Aber lassen wir den mal groß werden!«

Schrecksekunde

Zwei Ehepaare treffen sich im Frühsommer zum Brunch außer Haus.

Man unterhält sich gut und lange, unter anderem über die vielen Haus- und Wohnungseinbrüche im Markgräflerland, die immer wieder Schlagzeilen machen.

Als das eine Ehepaar nach Hause kommt, bleibt dem Mann der Mund offen stehen.

»Schau nur«, ruft er entsetzt, »drei Fenster und die Terrassentür – alle stehen sperrangelweit offen! Bei uns wurde eingebrochen! Gerade hatten wir noch darüber gesprochen!«

»Ach was«, ruft seine Frau und versucht, ihn zu beruhigen: »Ich habe gelüftet. Und wie es aussieht, hab ich wieder einmal vergessen, die Fenster zuzumachen, bevor wir außer Haus sind. Das passiert mir öfter, ist nicht das erste Mal!«

Der Titel ist Programm

In der Stadtbibliothek gibt eine Frau sämtliche ausgeliehenen Titel der ganzen Familie zurück.

Die Angestellte der Stadtbibliothek weißt sie darauf hin, dass ein Buch noch fehlt:

»Der Titel beginnt mit: »Wo ich bin ….«, sagt Ihnen das was?«, fragt sie die Frau.

Die verneint: »Das muss ein Buch sein, das mein Sohn ausgeliehen hat. Bitte verlängern sie es, ich gehe dem auf den Grund.«

Zu Hause angekommen, spricht sie ihren Junior auf das fehlende Buch an. Dem kommt der Titel bekannt vor, er weiß aber nicht, wo er danach suchen soll und war der Meinung, alle ausgeliehenen Bücher an einem Ort aufbewahrt zu haben.

Die Mutter sieht sich im Zimmer um und runzelt die Stirn: »Mal ehrlich, in dem Chaos würde ich auch nichts finden. Sei bitte so nett und mach mal Ordnung. Du wirst sehen, dabei taucht das Buch bestimmt auch wieder auf.«

Zwar murrt der Sohn gewaltig, macht sich aber tatsächlich ans Aufräumen und fördert irgendwann das vermisste Buch zu Tage.

Als er das Buch seiner Mutter bringt, fällt ihr Blick auf den Titel und sie muss sich zusammennehmen, um nicht lauthals loszulachen, weil der Titel allzu passend ist.

Er lautet »Wo ich bin, ist Chaos«

Kompliziert gedacht

In der Grundschule findet ein Erste-Hilfe-Kurs für die Schüler statt.

Themen sind unter anderem Kopfverletzungen, wie etwa Platzwunden und Gehirnerschütterung, deren Verhütung und Behandlung.

Die Ausbilderin möchte von den Kindern wissen, ob ihnen eine gängige Sportart einfällt, bei der man sich eine Kopfverletzung holen kann. Sofort schnellen die Finger in die Höhe.

»Stabhochsprung - wenn der Stab bricht und man aus der Höhe auf den Boden stürzt«, schlägt ein Junge vor.

»Das ist zwar richtig, aber ich dachte da eher an eine nicht so ausgefallene Sportart«, meint die Ausbilderin und ruft einen anderen Jungen auf, der es ganz wichtig hat mit dem Melden.

»Eishockey«, ruft er freudestrahlend.

»Du liebe Zeit, denkt doch nicht so kompliziert!«, fordert die Ausbilderin die Kinder auf.

»Welcher Sportart gehen die meisten Jungs nach?«, gibt sie Hilfestellung.

Endlich schlägt jemand Fußball vor, die Ausbilderin nickt zufrieden und fordert nun die Mädchen auf, ihnen eine Sportart zu nennen, bei der man sich eine Kopfverletzung holen kann, so dass üblicherweise ein Helm als Schutz getragen wird.

Ein Mädchen hat einen Geistesblitz: »Geräteturnen! Wenn man auf dem Schwebebalken einen Salto macht und sich dabei den Kopf anschlägt.«

Die Erste-Hilfe-Fachfrau schaut verwundert und fragt: »Trägst du dabei etwa einen Helm?«

Das Mädchen verneint: »Aber es wäre sinnvoll, genauso wie beim Wasserballett, wenn man unter Wasser die Augen schließt und dann orientierungslos gegen den Beckenrand knallt.«

Die Kursleiterin zuckt resigniert mit den Schultern: »Und ich dachte immer, alle Mädchen reiten!«

Erziehungssache

Eine Frau mit einem tapsigen Welpen lässt sich an einem Tisch im Eiscafé nieder.

Sofort zieht der junge Hund die Aufmerksamkeit der Tischnachbarin auf sich.

»Ist der aber goldig! Komm mal her, du Süßer, darf man dich streicheln?«, versucht sie den tolpatschigen kleinen Kerl zu locken.

»Nein, Finger weg!«, erschallt da sofort gebieterisch der Ruf der Hundebesitzerin.

Die Tischnachbarin zuckt zurück.

»Wieso das? Beißt er? Hat er Flöhe? Der sieht doch so knuffig aus, mit den riesigen Pfoten und den großen Augen, den muss man doch einfach mal streicheln!«

»Nein, das würde ich lieber nicht tun«, entgegnet die Hundebesitzerin, »denn überlegen Sie mal, was der Hund dabei lernt. Er meint, er sei überall willkommen, und dass jeder es mag, wenn er zu ihm an den Tisch kommt. Das ist aber ein Mischling, die Eltern sind Dogge und Bernhardiner. Wissen Sie, wie groß der demnächst sein wird? Das finden Sie dann nicht mehr lustig, wenn der zu Ihnen an den Tisch kommt, den er mit seinem Kopf locker überragen wird, und Ihnen mal schnell den Kuchen vom Teller klaut. Und dann wird es heißen, ich hätte meinen Hund schlecht erzogen!«

Gelb und lästig

Sie liegen am Straßenrand neben einem Mehrfamilienhaus. Es sind drei Säcke. Gelbe Säcke.

Doch warum liegen sie da? Die letzte Sammlung ist schon 10 Tage her, sie müssen also weitere 4 Tage warten, bis sie entsorgt werden können.

Doch auch in 4 Tagen werden sie liegenbleiben, denn wie ein Blick auf die Säcke zeigt, hat sie jemand falsch befüllt und daher werden sie nicht mitgenommen, das ist dem roten Klebeetikett, das auf jedem der Säcke prangt, zu entnehmen.

Der Entsorgungsbetrieb will sie also nicht.

Doch auch der Eigentümer will sie nicht mehr und ignoriert sie schlichtweg.

Was also tun mit den für jedermann lästigen Säcken, die noch dazu kein hübscher Blickfang am Straßenrand sind?

Man könnte sie in die Mülltonne stopfen, wo sie schlagartig für Überfüllung sorgen werden, oder Geld ausgeben und schwarze Säcke des Entsorgungsbetriebs kaufen, so dass sie mit dem Restmüll entsorgt werden können.

In beiden Fällen könnte man beobachtet werden und dann weiß die ganze Straße, dass man selbst der Falschbefüller dieser Säcke ist.

Also doch lieber liegenlassen und auf ein Wunder hoffen?

Man könnte darauf spekulieren, dass bei der nächsten Sammlung nicht auffällt, dass sich unter den 40 Säcken, die am Straßenrand aufgetürmt wurden, drei falsch befüllte sind.

Oder man hängt sie einfach an eine Straßenlaterne und behauptet, das sei moderne Kunst.

Heiß oder Eis?

Es ist Hochsommer.

Auf dem Rathausplatz in Neuenburg findet ein kostenloses Open-Air-Konzert statt.

Da es in den Abendstunden nach Sonnenuntergang doch etwas kühl wird, finden sich Vater und Sohn irgendwann im Eiscafé ein, um sich mit einem Heißgetränk von innen aufzuwärmen.

Der Vater bestellt sich einen Kaffee, der Teenager eine heiße Schokolade.

Kurz darauf bringt der Kellner ein riesiges Glas, das er vor dem Jungen abstellt, garniert mit einem Sahnehäubchen und Schokoraspeln.

Der Bub ergreift gierig den Löffel und möchte diesen in die Sahne tauchen, als er von seinem Vater daran gehindert wird.

»Moment, was ist das denn?«, möchte er vom Kellner wissen, der diesen süßen Traum angeschleppt hat.

»Eisschokolade«, antwortet dieser, »genau wie bestellt«.

Der Vater ist perplex: »Aber wir wollten eine heiße Schokolade«.

Mit einem Schwall von Entschuldigungen, dass er sich dann wohl verhört habe, trägt der Kellner das Glas mit Sahnehäubchen wieder davon und stellt kurz darauf ein kleines Tässchen mit heißer Flüssigkeit vor dem Teenager ab.

»Schade«, meint der Junge traurig, »das Glas mit der Eisschokolade war fünfmal so groß!«

Unverhoffte Post

Ein Mann kommt von der Arbeit nach Hause und öffnet den Briefkasten.

Beim Durchsehen der Post stutzt er plötzlich, denn er erkennt auf einem der Kuverts seine eigene Handschrift.

Es ist eine Adresse in Frankreich, die er da auf das Kuvert geschrieben hat, daneben klebt ein Aufkleber, der auf Französisch mitteilt, man habe diesen Brief leider nicht zustellen könne, da der Adressat nicht unter dieser Anschrift wohne.

»Das ist ja mal ein Ding!«, murmelt der Mann laut vor sich hin, so dass seine Frau aufmerksam wird und nachschauen kommt, über was sich ihr Mann so wundert.

»Schau mal«, sagt der Mann zu ihr, »das ist ein Brief, den ich an meinen Kollegen in Frankreich geschickt habe, der letztes Jahr in Rente gegangen ist.«

»Und warum kam er zurück?«, möchte die Ehefrau wissen. »Etwa wegen all der Weihnachtsaufkleber, die du zur Verzierung darauf geklebt hast? Komisch ist das schon, wir haben August!«

»Von daher müssen die ja sehr lange und intensiv gesucht haben, wo der Empfänger heute wohnt, bevor sie ihn zurückgeschickt haben«, scherzt ihr Mann, »das ist nämlich Weihnachtspost!«

Perfekt zum Grillen

Kurz vor den Sommerferien ist Wandertag an der Schule, und die Klasse beschließt, zu einem Grillplatz zu wandern und dort zu grillen.

Also wird zu Hause die Gefriertruhe durchforstet und tatsächlich findet die Mutter eine Dose, in der drei große, helle Bratwürste liegen.

Noch in gefrorenem Zustand gibt sie die Dose dem Schüler mit, in der Hoffnung, die Würste blieben frisch, wären aber bis zum Grillplatz aufgetaut.

Als der Bub am Nachmittag nach Hause kommt, möchte die Mutter von ihm wissen, ob das geklappt hat, dass die Würste bis zum Grillen aufgetaut waren.

»Ja«, grinst der Sohn, »aufgetaut schon, aber es waren keine Bratwürste!«

Die Mutter stutzt. »Was war das dann?«

»Es waren geschälte Bananen«, erklärt ihr der Sohn.

Die Mutter entschuldigt sich wortreich, doch der Sohn lacht nur und winkt ab.

»Das war gar nicht schlimm, denn die anderen fanden dieses Grillgut sehr originell. Wir haben dann noch Zucker darauf gestreut, den hatte der Lehrer für seinen Kaffee dabei, und dann fing das

an, zu karamellisieren. Zum Schluss wollte jeder
was von meinen Bananen probieren und hat mit
mir getauscht. Auf diese Weise bekam ich Steak,
Wurst, Maiskolben, Hühnchen und Grillkäse – es
war perfekt!«

Sommerzeit ist Wespenzeit

Ein Paar steht neben der Terrasse eines Cafés
auf der Suche nach einem Platz. Doch es ist alles
belegt.

Beim Warten auf einen frei werdenden Tisch
fällt beiden auf, dass unheimlich viele Wespen unterwegs sind und die anderen Gäste belästigen.

»Ich glaube, hier Kaffee zu trinken und einen
Kuchen essen zu wollen, wird kein Zuckerschle-
cken«, meint die Frau zu ihrem Begleiter, doch als
ein Tisch frei wird, setzen sie sich.

Als die Bedienung an den Tisch tritt, bestellt der
Mann spaßeshalber: »Wir hätten gerne fünf Wespen!«

Die Bedienung steigt sofort auf den Humor ein:

»Da haben Sie Glück, die gibt es heute gratis
und unbegrenzt! Geliefert werden sie in allen Größen und Aggressionsstufen. Nur Namen haben sie
keine, wir konnten die geflügelten Störenfriede
nicht auseinanderhalten. Sie müssen also nehmen
was kommt.«

Alle drei müssen über diese Beschreibung lachen. Dann beschließt das Paar, die Kaffeestunde

ins Innere des Cafés zu verlegen, wo deutlich weniger Wespen, dafür aber deutlich mehr Tisch und Stühle frei sind.

Selbst ist der Gast

Es ist ein Samstagabend im August.

Auf dem Rathausplatz in Neuenburg findet ein kostenloses Open-Air-Konzert für die Daheimgebliebenen statt.

Ein Ehepaar ist extra früh gekommen, um möglichst Plätze auf den Bierbänken ganz vorne zu bekommen und somit gute Sicht auf die Bühne zu haben. Außerdem hat das Paar die Hoffnung, um diese Zeit nicht endlos warten zu müssen, bis es am Sektstand bedient wird.

Pünktlich zu Beginn des Konzerts taucht plötzlich ein Mann auf, der über der Schulter ein etwas größeres Paket am Trageriemen trägt. Direkt vor den ersten Biertischgarnituren fängt er an, sein Paket auszupacken. Darin befindet sich ein faltbarer Campingsessel. Er stellt ihn auf, setzt sich hinein, kramt dann in der Kühlbox, die er ebenfalls dabei hat, und entnimmt ihr eine Flasche Sekt, ein Glas und eine Haushaltsdose mit gefüllten Oliven.

Das gefüllte Sektglas stellt er in die Aussparung seines Campingsessels. Er hat den besten Blick auf die Bühne und nascht beim Zuhören von Sekt und Oliven.

Gegen Ende des Konzerts hat er die Flasche leer, packt die Sachen wieder ein und geht.

Das Einzige, was zurückbleibt, ist die leere Flasche Sekt, die am Boden steht.

»Eigentlich eine gute Idee, und bestimmt billiger als unser Konsum hier«, meint die Ehefrau zu ihrem Gatten, »aber ich hätte es gut gefunden, er hätte auch seine leere Flasche wieder mitgenommen und nicht der städtischen Entsorgung überlassen!«

Bio oder Müll? Oder sowohl als auch?

Im Wohngebiet verschönern Pflanzenbeete die Abschnitte zwischen den von der Stadt angelegten Parkplätzen.

Genau in eines dieser Beete wirf ein Spaziergänger die Schale der Banane, die er soeben aufgegessen hat.

Die Dame, die hinter ihm mit ihrem Hund läuft, macht ihn darauf aufmerksam, er habe etwas verloren.

»Das war Absicht«, gibt der Mann zu, »denn die Bananenschale ist ja schließlich biologisch abbaubar.«

Die Dame sieht das anders: »Trotzdem ist es Müll und wenn das jeder täte, sähe es hier aus wie auf der Deponie. Also nehmen Sie bitte Ihre Bananenschale mit nach Hause und entsorgen Sie sie dort in der Biotonne!«

Der Mann weigert sich. Daher stellt ihn die Dame vor die Wahl: »Wenn Sie so auf Biomüll in Grünanlagen stehen, dann begleite ich Sie nun mit meinem Hund nach Hause. Der setzt Ihnen dann etwas in Ihren Garten, das ebenfalls biologisch abbaubar ist. Was ist Ihnen lieber?«

Der Mann entscheidet sich für das Aufheben der Bananenschale.

Anti-Werbung

Bei einer Grillparty im Garten stehen die Männer zusammen und trinken Bier. Dabei kommt das Gespräch auf die Haus-Renovierung, die der Gastgeber plant.

Er fragt bei seinen Freunden nach, ob jemand schon Erfahrung damit gemacht habe und ob ihm jemand gute, zuverlässige Handwerker nennen könne.

Alle schütteln den Kopf.

»Ich hab kein eigenes Haus«, meint der eine, »kann dir aber vom XY nur dringend abraten. Der überholt mich jeden Morgen auf der Autobahn. Er fährt viel zu schnell, überholt rechts, drängelt und gibt Lichthupe. Ich überlege mir immer, ob der sich an irgendwelche Arbeitsvorgaben hält, wenn er sich schon so gar nicht um die Regeln auf der Straße schert.«

Ein anderer nickt bestätigend: »Ich kann dir Ähnliches vom ABC berichten, den treffe ich morgens beim Bäcker. Der parkt ungeniert quer über drei Parkplätze und wenn er aussteigt, schmeißt er die Kippe im hohen Bogen auf die Straße. Den würde ich auch nicht bei mir zu Hause haben wollen!«

»Wie der heißt, der vor fünf Jahren unser Bad renoviert hat, hab ich verdrängt«, meint ein weiterer Freund, »aber kaum war das Bad renoviert, hatten wir einen Wasserrohrbruch, verursacht durch die Arbeiten an den Rohren. Ich glaube, du lässt lieber alles so, wie es ist.«

Wiesenidyll

Auf dem Weg zur Autobahn steht das Ehepaar auf einer Landstraße im Stop-and-Go-Verkehr.

Der Blick der Frau fällt aus dem Seitenfenster auf ein junges Mädchen, das sich an einen Brückenpfeiler anlehnt und ein Selfie macht. Sie sitzt zwischen jeder Menge roter Mohnblüten.

»Wie hübsch«, entfährt es der Frau, und zu ihrem Gatten gewandt sagt sie: »Schau doch mal, das Mädchen dort in diesem Wiesenidyll. Das wird sicher ein schönes Foto!«

»Das mag zwar sein«, meint der Mann nickend, »aber da sie inmitten von hohen Grashalmen sitzt, die ihr fast bis an die Nasenspitze reichen, wird das Foto nicht das Einzige sein, das sie von diesem Wiesenidyll mitnimmt.«

»An was denkst du noch?«, fragt die Frau verwirrt, doch der Mann sagt nur ein einziges, ekliges Wort: »Zecken!«

In die Irre geführt

Der 17-Jährige steht vor dem Kühlschrank auf der Suche nach etwas Süßem und Kaltem.

Sein Blick fällt auf einen großen Eimer Kirschjoghurt. Gierig greift er danach und nimmt erwartungsfroh den Deckel ab.

Doch was ist das? Der kleine Eimer ist voll mit Nudelsalat.

Schnell landet der Salat wieder im Kühlschrank, der Junge ist enttäuscht.

Als die Eltern später nach Hause kommen, werden sie mit Vorwürfen überhäuft:

»Da freu ich mich auf ein leckeres Kirschjoghurt, und dann ist da Nudelsalat drin! Wer macht denn so etwas?«

»Das sind die Reste vom gestrigen Grillfest«, erklärt ihm die Mutter. »Es war noch so viel Nudelsalat übrig, und weil ich den so gerne esse, habe ich ihn mir mitgeben lassen. Der Joghurteimer war eben die einzig greifbare Verpackung!«

Komisches Echo

Eine Frau bringt ihrer Freundin kurz vor der Mittagessenszeit ein Buch zurück und wird sogleich eingeladen, zum Mittagessen zu bleiben.

Als fertig gekocht ist, ruft die Frau, die gekocht hat, ins Treppenhaus: »Wir essen jetzt!« und zurück kommt aus den Kinderzimmern: »Ich komme gleich!«

Die eingeladene Freundin lacht: »So ein komisches Echo habe ich zu Hause auch. Ich rufe »jetzt« und zurück kommt »gleich«. Ich habe mir angewöhnt, schon 10 Minuten vorher »jetzt« zu rufen, damit sie dann rechtzeitig zum Essen dasitzen, wenn sie »gleich« kommen. Notfalls müssen die Kids mal eine Minute aufs Essen warten.«

Dubiose Souvenirs

Nach dem Urlaub telefonieren zwei Freundinnen und tauschen sich über ihre Erfahrungen aus.

»Das Hotel war super, nur die Putzfrau war etwas merkwürdig!«, meint die eine.

Die Freundin will Genaueres wissen.

»Unser Sohn hatte ein Einzelzimmer«, erläutert die Befragte, »und hat sich wohl nicht die Mühe gemacht, seinen Koffer auszupacken, der dann mittendrin rumlag. Als wir die Koffer zu Hause wieder auspackten, förderte er Sachen daraus zutage, die er nie eingepackt hat: Einen zerschlissenen Kopfkissenbezug, eine gebrauchte Badetasche sowie einen dreckigen Putzlappen!«

»Das sind ja herrliche Souvenirs!«, lacht die Freundin schallend.

»Finde ich auch!«, stimmt die andere lachend zu, »nur was das Ganze bedeuten soll, das kann ich nicht recht nachvollziehen!«

Essen im Ausland

Zwei Freundinnen tauschen sich über ihren Urlaub aus.

Während die eine in einer Ferienwohnung Selbstversorger war, hatte die andere ein Hotel mit Buffet gebucht.

»Das war so lustig, wenn die das in mehreren Sprachen angeschrieben hatten«, berichtet die Hotelurlauberin, »denn da stand dann angeschrieben »Wollkornkuchen« oder »Hühn« oder »Pastete mit Füllstoff« und solche Sachen.«

Die andere nickt wissend: »Wir standen oft im Supermarkt mit dem Wörterbuch, um herauszufinden, was wir da kaufen oder auch, um zu wissen, nach was wir suchen müssen. Und nachdem wir einmal etwas Undefinierbares in einer Dose vorfanden, was angeblich eine Spezialität sein sollte, sind wir dann doch wieder zu so sicheren Dingen wie Nudeln mit Tomatensoße oder Tiefkühlpizza übergegangen«, bedauert die Ferienwohnungsreisende.

Wale – oder auch nicht!

Die von den Kanarischen Inseln zurückgekehrte Familie wird gefragt, ob sie denn eine »Whale Watching Tour« mitgemacht habe, um Wale zu sehen.

»Das mit den Walen war so eine Sache!«, lacht die Mutter. »Wir liefen hoch oben an den Klippen entlang, als ein Mann am Telefon, an dem wir vorbeiliefen, plötzlich laut »Wale!« rief, während er aufs Meer hinaus blickte. Unsere Tochter nahm sofort das Fernglas zu Hilfe und suchte das ganze Meer nach Walen ab, bis uns Eltern klar wurde, dass der Mann wohl auf Spanisch »¡Vale!« gerufen hat, was so viel bedeutet, wie »alles klar!«. Wir haben dann tatsächlich auch noch eine entsprechende Tour gebucht und immerhin einige Delfine zu sehen bekommen.«

Ghostwriter

Während des Sommers nutzt eine Frau gerne die Terrasse als Büro und stellt ihren Laptop draußen auf den Terrassentisch.

Als sie frischen Kaffee geholt hat, stellt sie fest, dass an ihrem begonnenen Text in der letzten Zeile Buchstaben stehen, die kein Wort ergeben, sondern wie eine Geheimschrift wirken.

Sie überlegt, wie es dazu kam, löscht den Unsinn und fährt fort.

Als sie später zum Telefonieren hineingeht und zufällig aus dem Fenster schaut, entdeckt sie einen Spatz, der auf dem Tisch herumhüpft und Krümel aufpickt. Und wie selbstverständlich hüpft er dabei auch einmal quer über ihre Laptoptastatur.

»Du bist also der Ghostwriter«, lacht die Frau in sich hinein. Und ab sofort wird der Laptop - auch bei kurzen Unterbrechungen - zugeklappt.

Jedem das Seine

Ein kleiner Freundeskreis sitzt im Garten und feiert. Die Stimmung ist ausgelassen.

Plötzlich klingelt irgendwo ein Handy. Es klingelt recht penetrant und fängt immer wieder von Neuem an.

»Da klingelt etwas!«, ruft jemand in die Runde, »Will da mal jemand rangehen?«

»Ach du liebe Zeit, das ist wohl mein Handy«, ruft eine Frau entsetzt, »ich hab ein neues und hab dieses Mal für verschiedene Leute unterschiedliche Klingeltöne eingerichtet.«

»Und wem hast du diesen nervigen Ton zugeordnet?« will eine Freundin wissen.

»Keine Ahnung! Ich habe völlig den Überblick verloren! Auch beim Eingang einer Whatsapp-Nachricht macht es jetzt die unterschiedlichsten Töne. Aber anstatt am Ton zu erkennen, wer mir da schreibt, bin ich nur noch verwirrter. Ich muss da wohl noch üben!«

»Na dann wollen wir doch mal sehen, welchen Ton du mir zugeordnet hast«, meint eine der Freundinnen und zückt ihr Telefon, um es an Ort und Stelle durch einen Anruf herauszufinden.

Urlaubsaggression

Als die Familie aus dem Sommerurlaub zurück ist, möchte die Nachbarin, die das Haus betreut hat, wissen, wie es denn war:

»Habt ihr euch gut erholt? War das Hotel schön?«

»Das Hotel war super, das Wetter und das Essen gut. Nur leider waren viele Deutsche dort«, berichtet die Urlauberin. »Eine Frau, der ich ständig begegnete, hatte eine Stimme wie meine Schwiegermutter. Denselben Klang, denselben Dialekt, und denselben anklagenden Tonfall.

Wir hatten einmal das Pech, dass wir die Liegen am Pool genau neben dieser Frau hatten – es war ein Alptraum! Die telefonierte mit ihren Enkeln, in einer Lautstärke, dass wir es mitbekommen mussten. Und das Schlimme daran war, sie sprach tatsächlich so, wie meine Schwiegermutter das mit meinen Kindern tut!«

»Oh je, du Arme!«, meint die Nachbarin mitfühlend, »War denn die Hotelanlage groß genug, damit du ihr aus dem Weg gehen konntest?«

»Zum Glück ja, und wann immer wir sie sahen, machten wir einen großen Bogen um sie – genau wie im richtigen Leben um die Schwiegermutter auch!«

Meins oder deins?

Auf dem Rathausplatz erfreut sich die Außengastronomie großer Beliebtheit. Alle Tische der Restaurants und Cafés sind gefüllt, die Bedienungen haben alle Hände voll zu tun.

Zwei Freundinnen sitzen sich gegenüber, jede von ihnen löffelt einen Eisbecher. Neben beiden Eisbechern liegt jeweils das Handy der Besitzerin.

Ein Handyklinglen ertönt. Reflexartig schauen beide Frauen nach, ob es ihres ist, dass da Töne von sich gibt.

Ah, es ist meines«, meint die eine und nimmt das Gespräch an.

Wenig später läutet es erneut, es ist dieses Mal das andere Gerät, selber Vorgang.

Kurz darauf ein drittes Läuten.

Wieder schauen beide aufs Display ihres Mobilgerätes, aber dieses Mal ist es der Nebentisch, wo das Gespräch eingeht.

»Wie verrückt ist das denn?«, fragt die eine der Frauen, »Warum haben wir hier alle den gleichen Klingelton? Als ob es nicht hundert andere gäbe!«

Ein weiteres Läuten ertönt.

Kurzerhand beschließen die beiden Frauen, ihr Handy auf stumm zu schalten.

Ein Herz für Blumen

Am Straßenrand, genau zwischen Straßenbelag und Gehweg, befindet sich ein kleiner Spalt. In diesem hat ein Sonnenblumenkern beschlossen, auszutreiben und zur Sonnenblume zu werden.

Der Hausbesitzer, dessen Grundstück an den Gehweg grenzt, hat ein Herz für Blumen. Er spendiert der immer größer werdenden Sonnenblume einen Stab, der ihr Halt gibt und bindet sie daran fest. Bei zu langen Regenpausen gießt er das sprießende Grün.

Irgendwann ist die Sonnenblume groß und blüht. Die Spaziergänger, die daran vorbeikommen, freuen sich und tatsächlich fällt die Sonnenblume keinen Vandalen zum Opfer, sondern verbringt ihr ganzes Dasein in diesem kargen Straßenspalt, bis sie schließlich Samen trägt und zu welken beginnt.

Und in diesem Stadium erfreuen sich noch die Vögel an ihr.

Nur das Eigene!

In einer Großbäckerei ist eine Kindergartengruppe zu Gast, um zu backen und die Produktion zu besichtigen.

Bevor es losgeht, dürfen die Kinder noch ein Vesper zu sich nehmen, natürlich gestiftet von der Großbäckerei.

Auf Tellern in der Tischmitte warten die Leckereien auf die Kinder: Wer lieber Süßes mag, greift zum Schokoladen-Croissant, wer es herzhaft mag, liegt mit der Butterlaugenstange richtig.

Eines der Kinder erklärt der Erzieherin, dass es nichts davon haben wolle, es schmecke ihm sicher nicht, es habe aber etwas Eigenes mitgebracht, das ihm die Mama am Morgen extra besorgt habe. Das wolle es essen.

Als die Erzieherin das Kind auffordert, die Sachen auszupacken und zu verzehren, muss sich die Dame von der Bäckerei ein Lachen verkneifen, denn das Kind packt zwei Bäckertüten von genau der Großbäckerei aus, die gerade besichtigt wird.

Und der Inhalt der Tüten entpuppt sich als Butterlaugenstange und Schokoladen-Croissant.

Kleine Kindsköpfe

Weil das Wetter so schön ist, dürfen die Kaninchen auf der Terrasse Auslauf genießen. Die Tierbesitzerin hat dazu die komplette Terrasse eingezäunt.

Als die Frau nach den Tieren sieht, liegen quer über die Terrasse verstreut die Gartenhandschuhe. In alle ist vorne an einem Finger ein Loch genagt.

Lachend sammelt die Frau die Handschuhe ein und verstaut sie in einer Kiste, so dass die Tiere nicht noch einmal Unheil anrichten können.

Am nächsten Tag dürfen die kleinen Gesellen wieder an die frische Luft. Als die Frau dieses Mal nachsieht, was die Tiere treiben, sieht sie sie neben einem Strohbesen sitzen, der in der Ecke steht. Diesem fehlen, ungefähr bis zur Hälfte, die langen Borsten, weil sie diese abfressen. Das Grünfutter, das bereit liegt, ist derweilen unangetastet.

»Ihr seid doch wie die kleinen Kinder!«, meint die Frau und schüttelt den Kopf. »Nichts als Unsinn im Kopf!«

Die Kaninchen sehen das sicherlich anders. Für sie ist das ein netter Zeitvertreib. Was soll man sonst auch auf einer Terrasse, wo man nicht buddeln kann, tun?

Herbst

Im Supermarkt

Draußen ist es Herbst, zumindest laut Kalender. Das sieht man auch im Supermarkt, dort liegen in der Obst- und Gemüseabteilung Kürbisse jeder Größe und Farbe.

Aber was ist das? Frische Erdbeeren, strahlend rot, »Herkunftsland Deutschland« steht darunter. Erstaunlich – im Oktober!

Kurz vor der Kasse steht ein Regal mit Spekulatius, Lebkuchen und Weihnachtsgebäck. Direkt daneben ein Fach mit Schokoladeneiern, so groß wie Hühnereier, die mit dem Löffel zu essen sind. Gehören die nicht eigentlich ins Ostersortiment?

So ein Supermarkt ist schon toll: Obst aus allen Jahreszeiten, und Spezialitäten von Weihnachten und Ostern – man hat alles gleichzeitig zur Verfügung.

Wie wäre es damit: Zum Frühstück frisch gekochte Erdbeermarmelade, zum Mittagessen Kürbissuppe, zum Dessert ein Schoko(Oster)Ei und zum Kaffee am Nachmittag die Weihnachtslebkuchen.

Das ist Jahreszeiten-Hopping vom Feinsten!

Die sechste Jahreszeit

Dass es vier Jahreszeiten gibt, das lernt man schon in der Grundschule. Auch Fasnacht ist als fünfte Jahreszeit akzeptiert. Seit ein paar Jahren hat sich noch eine sechste Jahreszeit etabliert: Halloween!

Dass sie bevorsteht, merkt man derzeit wieder im Supermarkt, wo man als Gastgeber einer Halloweenparty aus dem Vollen schöpfen kann: vom Skelett-Kostüm über Laternen mit Fratzen bis hin zum Dekorationsartikel, wie man ihn sonst nur in der Geisterbahn vorfindet.

Außerdem im Angebot befinden sich Kürbiskuchen, Fratzen-Kekse, Pommes in Kürbisgesichtform und panierte Schnitzel in Form von Fledermäusen. Pappteller und Servietten mit entsprechenden Motiven gehören schon zum Standard.

Aber dann fällt der Blick im Kühlregal auf den Halloweenkäse in Scheiben und der anspruchsvolle Gastgeber fragt sich, durch was er sich für die Halloween-Einkaufsliste qualifiziert. Gut, es sind dicke Spinnen, Fledermäuse und Kürbisse auf der Verpackung abgebildet, aber die isst man ja schließlich nicht. Woran also merkt der Partygast, dass es sich hier um einen speziellen Halloween-Käse handelt, sobald die Verpackung fehlt?

Da steht es: »Ummantelt mit Kürbisgeschmack«. Ob der zur Geltung kommt, wenn man nebenbei eine blutige Bowle mit Glibber-Würmern im Glas hat?

Da fällt der Blick auf die Kinder-Wienerle. Die könnte man – entsprechend verziert, versteht sich – dem mutigen Partybesucher als abgehackte Finger anpreisen.

Die Entscheidung ist gefallen, der Käse bleibt im Regal.

Purer Aktionismus

Es ist Herbst. Auf dem Rasen liegt wunderschön anzusehendes Laub in Gelb- und Orangetönen. Der Himmel ist blau, die Sonne scheint.

Der Wettergott meint es gut mit den Bewohnern eines Mehrfamilienhauses, deren Balkone von der Sonne beschienen werden, so dass sich viele Personen draußen aufhalten und den Balkon als zusätzliches Zimmer nutzen.

Doch die Idylle dauert nicht allzu lange, und die Bewohner ziehen es vor, nach drinnen zu flüchten, denn plötzlich rückt der Hausmeisterdienst an.

Erst wird der Rasen gemäht, was zwar aufgrund der Graslänge nicht nötig wäre, aber schließlich muss das Soll erfüllt werden und jeder soll hören, dass im Garten fleißig gearbeitet wird.

Danach wird der Laubbläser gezückt und alles Laub, das sich in der Anlage findet, wird auf einen Haufen geblasen und dann mit dem lärmigen Luftstrom des Bläsers an der Mauer entlang bis unter einen Baum bewegt, wo es liegen gelassen wird.

Keine zwei Stunden später ist die Sonne verschwunden und ein kräftiger Wind kommt auf, der an den Bäumen rüttelt.

Und es dauert keine drei Stunden, bis auch das Laub, das unter dem Baum lag, wieder gleichmäßig über den Rasen verteilt ist, zu dem sich noch ein paar weitere Blätter direkt von den Bäumen gesellen.

Faszinierend gruselig

Es ist Flohmarkt in der Innenstadt.

An einem Stand bleibt das Auge des Flohmarktbesuchers hängen, denn dort steht ein Bild, an dem man nicht einfach vorbeigehen kann.

Der Hintergrund ist weiß und darauf sind mehrere Kakerlaken angeordnet, die wild übereinander zu krabbeln scheinen.

Die Kakerlaken sind handgemalt und faszinierend, da sie so lebensecht wirken. Ein echter Künstler, wer so lebensnah malen kann, so als hätte man ein Foto vor sich.

Beim Betrachten hat man das Gefühl, sich unweigerlich schütteln zu müssen, da die Tiere so eklig sind. Man erwartet beim Hinschauen, dass sie gleich aus ihrer Schockstarre erwachen und dann beginnen, davon zu wuseln.

Wer malt eigentlich so etwas?

Und Warum?

Zu welchem Anlass?

Und wer hängt sich so ein Bild tatsächlich an die Wand?

In welchen Raum? Lieber in die Küche, neben den Esstisch oder in den Keller?

Warum soll das Kakerlakenbild verkauft werden und aus welchem Grund sollte sich jemand dieses Kunstwerk voller Schädlinge zulegen wollen?

Was soll das Bild voller Krabbeltiere eigentlich kosten?

So viele Fragen, die alle unbeantwortet bleiben, denn der Verkäufer ist nicht am Stand.

Vielleicht war ihm der Anblick seiner Ware zu unangenehm.

Eindeutige Priorität

Weil der Grundschüler beim Zubettgehen am Abend hustet und schnieft, holt die Mutter das Fieberthermometer.

Nach dem Messen steht fest, dass der Bub erhöhte Temperatur hat.

»Also«, sagt die Mutter zum Sohn: »Jetzt reiben wir dich mit Erkältungsbalsam ein, du bekommst Nasentropfen und trinkst vor dem Schlafen noch einen heißen Erkältungstee. Dann warten wir mal die Nacht ab, ob es dir morgen früh einigermaßen gut geht und du zur Schule kannst. Ansonsten bleibst du lieber zu Hause. Für den Nachmittag schreibe ich dir aber auf jeden Fall eine Entschuldigung, dass du am Sportunterricht nicht teilnehmen kannst, weil du erkältet bist.«

»Nein, auf keinen Fall!«, protestiert der Bub lautstark: »Sport ist mein absolutes Lieblingsfach, das kann ich nicht ausfallen lassen! Ich mach dir einen anderen Vorschlag: Ich bleibe lieber auf jeden Fall am Vormittag zu Hause und schone mich, damit ich am Nachmittag für den Sportunterricht wieder fit bin!«

Tritt selbst hinein!

Eine Mutter mit zwei kleinen Kindern und einem Hund gehen spazieren.

Als sich der Hund anschickt, sein großes Geschäft auf einem Grünstreifen vor einem Gartenzaun zu erledigen, beschäftigt sich die Mutter plötzlich sehr intensiv mit der Mütze des einen Kindes und ist sehr abgelenkt vom Tun ihres Hundes.

Das Hunde-Geschäft bleibt nach Verrichtung also liegen, die Familie zieht weiter.

Irgendwann sind die drei Spaziergänger mit ihrem Hund auf dem Rückweg und kommen wieder an derselben Stelle vorbei. Von hinten nähert sich ein Auto, so dass die Familie, die bisher auf der Straße spazierte, Platz machen und zur Seite treten muss.

Sowohl die Mutter als auch die Kinder und der Hund betreten den Grünstreifen, um das Auto vorbeifahren zu lassen.

Eines der Kinder hinterlässt beim Weiterlaufen deutliche Spuren auf der Straße.

Sie sind braun und schmierig, und sie stinken!

Die Sache mit dem Alter

Neben dem Kickplatz stehen zwei Mittdreißigerinnen und unterhalten sich, während die 8-Jährigen beim Fußballtraining sind.

»Meiner hat dieses Jahr eine neue Klassenlehrerin bekommen«, erzählt die eine der anderen, »und als ich von ihm wissen wollte, ob die Lehrerin denn nett sei und wie alt die wohl wäre, hat mir mein Sohn gesagt, die Lehrerin sei sehr nett und müsse so ungefähr in meinem Alter sein.«

»Und dann hat sie sich als gar nicht nett entpuppt?«, fragt die Zuhörerin.

»Doch, er fand sie weiterhin ganz in Ordnung und so ging ich dann zum Elternabend, weil ich mir selbst ein Bild von der neuen Klassenlehrerin machen wollte. Und du glaubst es nicht, welches Bild sich mir bot!«

»Nämlich?«

»Die neue Klassenlehrerin hat graue Haare, deutlich sichtbare Falten und geht nächstes Jahr in Rente!«

Das Gute, das von oben kommt

Auf der Bundesstraße 3 fahren zwei Männer im Auto entlang.

Auf Höhe des Kunstrasenplatzes in Auggen fällt plötzlich ein Fußball scheinbar vom Himmel, springt auf der Straße auf und verschwindet dann seitlich im Gebüsch.

»Zum Kuckuck!«, schreit der Fahrer, der fast das Lenkrad verrissen hätte und ebenfalls im Gebüsch gelandet wäre, »warum kommen hier ohne Vorwarnung Bälle geflogen?«

»Die sollten hier Warnschilder aufstellen«, pflichtet sein Beifahrer ihm bei, »so ein Dreieck mit rotem Rand und einem Fußball in der Mitte, dass man weiß, was da von oben kommt.«

Der Fahrer, der sich wieder beruhigt hat, muss lachen: »Stell dir vor, wir wären früher dran oder etwas schneller gewesen«, überlegt er laut, »da hätte der Begriff »einen aufs Dach bekommen« eine wortwörtliche Bedeutung bekommen!«

Umdisponieren

Nach einem stressigen Arbeitstag im September freut sich der Mann beim Nachhausekommen, dass er nun einen ausgiebigen Spaziergang mit seinem Hund unternehmen kann. Er könnte erst durch den Herbstwald laufen und anschließend irgendwo haltmachen, wo ein kühles Bier eine willkommene Pause böte, so die Überlegungen des Mannes.

Als er die Haustüre aufschließt kommt ihm jedoch kein freudig mit dem Schwanz wedelnder Hund entgegen, der ihn begrüßt und auf einen Spaziergang wartet, es passiert stattdessen gar nichts.

Der Mann stellt seine Tasche ab, nimmt die Leine vom Haken und ruft nach seinem Tier. Recht widerwillig kommt der Hund aus dem Wohnzimmer getrottet und legt sich vor dem Herrchen auf den Boden.

»Der Hund ist krank«, durchfährt es den Hundebesitzer und er will schon zum Telefon greifen, um einen Tierarzttermin zu vereinbaren, als dieses zu klingeln beginnt.

Dran ist seine Nichte, die ihm freudestrahlend von ihrem Ferientag berichtet:

»Mir war langweilig und ich wollte eine Fahrradtour machen. Weil das alleine so öde ist, hab ich kurzerhand deinen Hund mitgenommen. Wir waren zwei Stunden unterwegs, ich dachte, dann brauchst du nicht mehr mit ihm raus, wenn du nach der Arbeit nach Hause kommst!«

»Das ist ja gut gemeint und zum Glück ist der Hund nicht krank«, denkt sich der Onkel und Hundebesitzer, »aber wie spanne ich jetzt aus?«

Kurz darauf sieht man ihn das Haus verlassen.

In der Hand trägt er die Saunatasche.

Die Sache mit dem Lächeln

Die Familie isst auswärts in einem asiatischen Restaurant.

Als alle fertig sind und die Rechnung kommt, erhält jedes Familienmitglied noch einen Glückskeks.

Das Kind liest den Zettel, der aus dem Glückskeks herausfällt, laut vor: »Lächeln ist anstrengend – probieren Sie es doch gleich einmal aus!«

Ratlos schaut das Kind zu seinen Eltern und fragt: »Warum ist Lächeln denn anstrengend?«

Die Mutter bittet um den Zettel, wirft einen Blick darauf und sagt: »Nun lies noch einmal genau«.

Das Kind schaut sich das Geschriebene ein weiteres Mal an, dann geht ihm ein Licht auf: »Ach so – da steht, »Lächeln ist ansteckend«. Das ist ja fast noch schlimmer! Jetzt wird man beim Lächeln auch noch krank!«

Spazierweg-Dekoration

Im Tierfachgeschäft steht eine Dame vor dem Regal mit Spielzeug und hadert mich sich, welches davon sie ihrem Vierbeiner kaufen soll.

Eine andere Dame kommt vorbei, greift zielstrebig nach einem der Teile und bemerkt den umherschweifenden Blick der neben ihr stehenden Frau.

»Brauchen Sie Beratung? Suchen Sie ein Hundespielzeug?«

»Zweimal ja«, nickt die Angesprochene. »Aber ich weiß nicht, welches der Teile hier gut ist. Und ich bin noch nicht so lange Hundebesitzerin. Woher wissen Sie, was sie kaufen müssen?«

Die andere lacht. »Ich kaufe dieses Teil hier schon das siebte Mal. Es ist zum Werfen. Wenn der Hund darauf herumkaut, ist es unkaputtbar. Meines Erachtens das perfekte Spielzeug.«

»Warum kaufen sie es dann schon zum siebten Mal, wenn ihr Hund es doch nicht kaputt machen kann?«

Die Befragte grinst breit: »Wissen Sie, dass ich das jetzt schon so oft gekauft habe liegt nicht am Hund, sondern an mir. Ich bin nicht die talentierteste Werferin. Wie oft werfe ich das Ding nach oben, anstatt weit, und dann baumelt es oben im Baum.

Das ist meine Art von Spazierweg-Deko. Schauen Sie mal noch oben, wenn Sie mit ihrem Hund laufen, ich bin wahrscheinlich nicht die Einzige, der das so geht!«

Die kluge Frau sorgt vor

Zwei ehemalige Nachbarinnen treffen sich zufällig beim Einkaufen und beschließen, zusammen einen Kaffee zu trinken und sich auszutauschen.

Im Café angekommen, bestellen beide eine Latte Macchiato.

Als die Heißgetränke auf den Tisch gestellt werden, liegt neben jedem Glas ein Stück Würfelzucker.

»Das ist ja blöd«, meint die eine, »ich möchte Streuzucker, den ich über den Milchschaum verteilen kann, um diesen dann herunter zu löffeln. Was soll ich da mit Würfelzucker? Der liegt ja wie ein Klotz auf dem Milchschaum.«

Die andere greift zu ihrer Handtasche, sucht darin herum und entnimmt ihr dann zwei Portions-Päckchen Streuzucker.

»Ich habe auch noch mehr davon dabei, falls das nicht reicht«, meint sie, als sie der Bekannten ein Tütchen über den Tisch reicht.

Diese lacht: »Jetzt weiß ich auch, warum du so eine große Handtasche mit dir herumträgst. Was hast du noch alles da drin?«

»Salz, Süßstoff, Rohrohrzucker, Kandis«, beginnt die Befragte aufzuzählen. »Das liegt aber nur daran, dass ich oft auswärts Kaffee trinke oder frühstücke und dann nehme ich diese Tütchen für alle Fälle mit. Du siehst ja – jetzt können wir sie brauchen.

Ach, einzeln verpackte Kekse hab ich übrigens auch dabei. Möchtest du welche?«

Gut beraten

Eine Frau geht in die Apotheke, wo sie suchend vor einem Regal verharrt.

Eine Angestellte fragt, ob sie ihr behilflich sein kann. »Ich suche nach einer bestimmten Creme«, erläutert die Dame und beschreibt deren Wirkung.

»Die hatte ich schon einmal, die war echt gut, Aber sie ist recht teuer.«

Die Angestellte weiß, was gesucht wird und deutet darauf: »Diese da. Sehen Sie, die gibt es in zwei Größen. Wenn Sie die größere Einheit nehmen, ist das in der Relation der billigere Kauf. Welche Größe hatten Sie das letzte Mal?«

»Die größere«, erinnert sich die Befragte, »aber das Blöde war, dass ich sie ungeschickter Weise umgestoßen habe, so dass ich die Hälfte verschüttet habe. Ich bin echt überfragt! Zu welcher Größe raten Sie mir?«

»Das kommt ganz darauf an, ob Sie sie dieses Mal tatsächlich benutzen, oder wieder verschütten wollen!«

Unbekanntes Objekt

Bei den Achtklässlern steht im Fach Deutsch das Beschreiben von Gegenständen an.

»Mama, wir sollen als Hausaufgabe etwas im Haushalt heraussuchen, von dem wir nicht wissen, wofür es verwendet wird«, erklärt der Bub beim Abendessen und fügt hinzu: »Als ob es so etwas gibt.«

Die Mutter grinst und erwidert: »Möchtest du deinen Vater dir etwas heraussuchen lassen, oder übernimmst du das Suchen selbst?«

Der Sohn versteht die Anspielung nicht und schaut nur ratlos.

»Geh mal in die Küche«, rät ihm die Mutter daraufhin, »und schau die zwei unteren Schubladen durch, links hinter der Türe. Ich könnte mir vorstellen, dass du dort fündig wirst.«

Nach einiger Zeit kommt der Sohn gleich mit vier Gegenständen zurück, deren Verwendungszweck er nicht kennt. Drei davon hat die Mutter ihm recht schnell erklärt.

Beim vierten Gegenstand stutzt sie selbst. »Das hast du in meiner Küche gefunden?«, fragt sie zweifelnd, »Das hab ich noch nie gesehen. Und weißt du was? Wofür man das verwenden sollte, das weiß ich selbst nicht. Nimm am besten das da mit in den Unterricht. Vielleicht finden wir es auf diese Weise ja heraus, wofür man das benutzen kann.«

Verloren gegangen

Im Supermarkt an der Kasse stellt sich ein Pärchen in die Schlange.

Die Frau, die davor steht, hat ihren Einkaufswagen richtig voll gepackt. Sie schaut sich erst suchend im Kassenbereich um, dann meint sie zu den beiden hinter ihr Stehenden:

»Gehen Sie ruhig vor, ich muss hier noch auf meinen Mann warten, der ist hier drin irgendwo verloren gegangen.«

Das Pärchen bedankt sich, dass es vorgelassen wird, und der Mann meint spaßeshalber zu der suchenden Frau:

»Es soll ja Männer geben, die beim Zigaretten-holen verloren gingen und nie wieder auftauch-ten.«

Die Frau lacht: »Keine Chance! Ich habe näm-lich die Autoschlüssel und den Geldbeutel. Das sind gleich zwei gute Gründe für meinen Mann, wieder aufzutauchen.«

Nachdem das Paar gerade gezahlt hat und sich mit seinen Einkäufen dem Ausgang zuwendet, ruft es plötzlich von hinten:

»Sehen Sie, ich hatte recht – er ist wieder da!«

Wie im richtigen Leben

Im Tanzkreis erklärt der Tanzlehrer seinen Tanzpaaren eine neue Figur im Jive.

Die Schritte sind klar, der Takt eigentlich auch, aber an der Führung der Herren hapert es noch ein bisschen.

Sofort steht der Tanzlehrer den Herren mit Rat und Tat zur Seite: »Das ist ganz einfach: Mit der einen Hand zieht ihr die Dame zu euch her, mit der anderen blockt ihr sie rechtzeitig ab. So habt ihr die volle Kontrolle über eure Dame ….!«

»Das ist ja wie im richtigen Leben«, raunt eine Frau ihrem Partner ins Ohr, »erst anlocken, dann abblocken.«

Der Mann grinst und meint dann ebenso leise:

»Und zu behaupten, man habe als Mann die volle Kontrolle über seine Frau, das finde ich sehr gewagt!«

Den Überblick verloren

Bei der kirchlichen Trauung erzählt der Pfarrer die rührselige Geschichte des Kennenlernens des Hochzeitspaares: Sie begegneten sich in einem Schuhladen und es war Liebe auf den ersten Blick.

Im Anschluss an die Zeremonie wird die Bräutigammutter von ihrer Schwester angesprochen:

»Sag mal, was war denn das mit dem Schuhladen? Haben die sich nicht ganz anders kennengelernt?«

»Du hast recht«, bestätigt die Befragte, »die Story ist völlig falsch gewesen. Die beiden sind sich beim Kampfsport begegnet.

Aber dieser Pfarrer hier ist ein Ersatz für den ursprünglich geplanten. Dieser hier muss heute vier Trauungen nacheinander durchziehen. Ich vermute einfach, dass er den Überblick verloren hat und nun ein anderes Brautpaar staunen wird, wenn es hört, dass es sich beim Kampfsport kennengelernt hat.

Oder aber, er erzählt ganz einfach überall ein und dieselbe Geschichte, dann staunen gleich drei Paare, aber für ihn ist das am einfachsten!«

Keine Hilfestellung

Zwei Kundenberaterinnen kommen in der Mittagspause ins Gespräch.

»Jetzt kommt dann gleich ein Kunde, bei dem ich nie weiß, wie er heißt: Weinwirt oder Wirtwein. Da hilft mir bisher keine Eselsbrücke. Ich finde, beides klingt denkbar.«

»Das kenne ich nur zu gut«, bestätigt die andere, »ich kämpfe auch mit manchem Namen.

Eine Dame beispielsweise heißt – ich glaube es zumindest – Vitrin. Da ist meine Eselsbrücke, dass es sich um ein Ausstellungsteil für Schmuckstücke handelt, bei dem der letzte Buchstabe fehlt.

Und wenn ich die Dame dann sehe, fallen mir gleich eine ganze Menge Wörter ein, die da in Frage kämen. Gut, wenn ich den letzten Buchstaben weglasse, dann klingen Glasschran und Schaukaste eher unsinnig, aber bei Schatull bin ich unsicher. Das klingt doch durchaus nach einem Nachnamen, oder nicht?«

»Iss was!«

Weil das Kind fiebert und über Kopf-, Ohren-, Hals- und Gliederschmerzen klagt, behält die Mutter es mehrere Tage lang zu Hause.

An einem Vormittag hat sie jedoch einen wichtigen Termin, der sich nicht verschieben lässt.

Sie bittet die Tochter, der es endlich besser geht, während ihrer Abwesenheit etwas zu essen.

»Iss was, damit du wieder zu Kräften kommst, hörst du? Ist auch egal was, Hauptsache, du nimmst mal wieder etwas zu dir!«

Auf den Esstisch im Wohnzimmer stellt sie alles, wovon sie weiß, dass es die Tochter gerne isst: Cornflakes, Weißbrot, Nutella, ja sogar ein Stück Kuchen vom Vortag stellt sie dazu.

Als sie von ihrem Termin zurückkommt, sind alle Leckereien noch auf dem Tisch und unberührt.

Die Mutter schaut nach ihrer Tochter, die inzwischen im Bett sitzt und etwas malt.

»Warum hast du denn nichts gegessen?«, fragt die Mutter etwas genervt.

»Hab ich doch«, entgegnet die Tochter, »nur nicht das, was du mir hingestellt hast. Ich hab ferngesehen und dabei gegessen.«

Als die Mutter sich das Sofa genauer ansieht, das vor dem Fernseher steht, findet sie dort aufgerissen eine Packung Cracker, eine Tüte Chips, eine Tüte Gummibärchen, Kaubonbons, Müsliriegel und eine Schachtel Schaumküsse.

»Du sagtest, ich solle irgendwas essen, Hauptsache, ich esse«, meint die Tochter, die ihrer Mutter gefolgt ist, schulterzuckend.

»Gut«, meint die Mutter resigniert, »dann ist nach der Grippe jetzt wohl Magen-Darm dran.«

Erst Leid, dann Freud

Die Eltern sitzen mit ihrem Sohn zum Mittagessen in einem rappelvollen Restaurant.

Die Kellner haben viel zu tun und laufen daher im Stechschritt, um die Kundschaft trotz Andrangs nicht zu lange warten zu lassen.

Einer von ihnen, der ein Tablett voll dreckigen Geschirrs in die Küche trägt, nimmt die Kurve hinter einem Jungen etwas eng, so dass eines der Gläser auf dem Tablett, in dem sich noch etwas Flüssigkeit befindet, zur Seite neigt. Der flüssige Inhalt ergießt sich dabei über den Kopf des Buben, der entsetzt aufschreit und aussieht, wie ein begossener Pudel.

Die Mutter muss beim Anblick des Sohnes laut lachen, unterdrückt den Impuls aber und rubbelt stattdessen mit ihrer Stoffserviette den Kopf des Jungen trocken, bis ihm alle Haare vom Kopf abstehen.

Der Kellner, dem das total peinlich ist, erscheint sofort danach mit zwei Gläsern Sekt für die Eltern und entschuldigt sich wortreich.

Der Bub schmollt derweil: »Ich hab was abgekriegt und ihr bekommt dafür Sekt, das ist ungerecht!«, beklagt er sich.

»Du dürftest den Sekt doch gar nicht trinken!«, meint der Vater lachend und findet die Situation urkomisch.

Nachdem der Sohn sein Essen beendet hat, steht plötzlich der Kellner neben ihm, dem das Malheur passiert ist, und stellt ihm einen großen Eisbecher hin.

»Das ist meine Entschuldigung für das Missgeschick von vorhin«, erklärt er dem erstaunten Jungen. Der strahlt vor Freude.

»Prima«, meint er dann zu seinen Eltern, »jetzt ist es gerecht verteilt.«

Ideen muss man haben

Es ist ein Samstagvormittag.

Die Mutter möchte zum Großeinkauf starten, trägt zuvor ihrem Sohn aber auf, er möge seinen Pflichten nachkommen. Dazu gehören unter anderem das Rausbringen des Mülls, das Ausräumen der Spülmaschine, das Aufräumen seines Zimmers und das Ausmisten der Kaninchen.

Als die Mutter nach Hause kommt, ist der Sohn noch mit seinem Zimmer beschäftigt, die anderen Dinge sind erledigt.

»Wow – da hast du ja den Turbo eingeschaltet«, lobt ihn die Mutter. »Hattest du Hilfe, oder hast du das alles alleine so schnell hinbekommen?«

»Ich habe die Technik zu Hilfe genommen«, erklärt ihr der Sohn.

»Die Technik? Hat ein Roboter den Müll rausgebracht, oder wie soll ich das verstehen?«, fragt die Mutter verdutzt.

»Nein, zum Ausmisten der Hasen habe ich den neuen Staubsauger verwendet«, erzählt der Junge ganz stolz: »Der hat doch jetzt keinen Beutel mehr drin, also habe ich kurzerhand die alte Einstreu mit dem Rohr aufgesaugt und dann den Sammelbehälter direkt in die Bio-Tonne entleert.«

»Und das hat funktioniert?«, fragt die Mutter, mehr entsetzt als begeistert.

»Ja, und wie! Das ging ruckzuck!«, freut sich der Sohn.

»Wie bist du denn auf so eine Idee gekommen?«, will die Mutter dann doch wissen.

»Papa hat das vorgeschlagen«, berichtet der Sohn, »den hatte ich nämlich gefragt, ob er mir helfen könnte.«

Ausgefallenes Fotomodell

Aufgrund einer Straßensperrung ist das Ehepaar gezwungen, einen Feldweg zu nutzen, wo sich sonst Hase und Fuchs gute Nacht wünschen, um an sein Ziel zu gelangen.

Plötzlich tritt der Mann, der am Steuer sitzt, auf die Bremse und deutet nach draußen auf die Straße.

»Sieh mal, was da sitzt«, sagt er zu seiner Frau, während er das Handy aus der Jackentasche kramt.

Mitten auf der Fahrbahn sitzt in aller Seelenruhe ein Feuersalamander und macht keine Anstalten, die Flucht zu ergreifen. Natürlich fotografiert ihn das Paar von allen Seiten und merkt gar nicht, dass sich von hinten weitere Autos nähern.

»Ist etwas passiert?«, fragt ein Mann, der hinter dem Auto gehalten hat und nach dem Grund sucht, warum mitten auf der Fahrbahn ein Auto gehalten hat.

Weitere Verkehrsteilnehmer kommen hinzu, alle freuen sich über das unerwartete Fotomotiv.

Als es plötzlich von hinten anfängt zu hupen, ist klar, dass es weitergehen muss.

Man beschließt, den Feuersalamander auf den Grünstreifen umzusiedeln, damit er nicht überfahren wird. Als die Rettungsaktion beendet ist, kann die Fahrt fortgesetzt werden, das wütende Hupen von hinten verstummt.

»Wenn die wüssten, was sie verpasst haben, diese Huper«, lacht die Frau und ermahnt ihren Mann: »Fahr langsam – du weißt nicht, was hier noch so alles mitten auf der Straße sitzt!«.

Aussage eines Kunstwerks

Ein Ehepaar spaziert durch die Reben.

Während die Frau das bunte Weinlaub bewundert und beginnt, es zu fotografieren, fällt der

Blick des Mannes auf ein kleines Kunstwerk am Boden.

Es ist ein Herz, geformt aus Steinen und Stöckchen, gefüllt mit Moos und Gras. Blüten im Mittelpunkt des Herzens formen die Ziffer Zwei.

Der Mann lächelt, schaut sich um, entdeckt die Herkunft der Blüten, reißt weitere ab, schiebt die Zahl Zwei etwas zur Seite und legt dahinter eine Null.

Inzwischen ist die Frau mit dem Fotografieren fertig und beobachtet das Tun ihres Gatten.

»Warum änderst du es?«, möchte sie wissen.

»Ich habe es nur angepasst. Wir sind 20 Jahre verheiratet, jetzt passt es also.«

»Aber wer weiß, wer das gestaltet hat und was er damit ausdrücken wollte. Vielleicht geht es gar nicht um Beziehungsjahre, sondern ein Mann liebt zwei Frauen?«

»Stimmt«, meint der Mann daraufhin lächelnd, »mit 20 Frauen hätte er da tatsächlich ein Problem!«

Noch ungewohnt

Der Mann steigt aus dem Zug und bewegt sich in Richtung des P+R-Parkplatzes, wo sein schönes neues Auto steht.

Vergnügt schlendert er auf den Neuwagen zu und drückt die Fernbedienung, um die Türen zu öffnen. Er hört ein Klack, was ihm akustisch das

Türöffnen signalisiert, doch als er die hintere Türe öffnen will, um seine Tasche hineinzustellen, geht die Türe nicht auf.

Er versucht es erneut.

Klack – zu. Klack – offen.

Warum geht die Tür nicht auf?

Eine Frau kommt auf den Mann zu und fragt vergnügt: »Na, Probleme?«

Der Mann bejaht.

»Hätte mich auch gewundert, wenn Sie das Auto mit diesem Schlüssel hätten öffnen können«, meint die Frau lächelnd, »denn das ist meines!«

Sie zeigt auf den Wagen rechts von ihrem und meint: »Probieren Sie es doch mal mit dem da!«

Dort steht ein identisch aussehendes Auto.

Und siehe da – dort reagieren die Türen sogar auf den Autoschlüssel.

Irren ist menschlich

Es ist ein herbstlicher, verregneter Sonntag, daher beschließt eine Frau, sich nach dem Mittagessen ein bisschen aufs Ohr zu legen.

Während sie so liegt und einem Hörbuch lauscht, klappert es draußen plötzlich laut.

»Jetzt ist dieses komische Kunstobjekt, das der Nachbar da in seinem Garten aufgestellt hat, umgefallen«, denkt die Frau. »Das kann ja noch heiter werden, die Herbststürme fangen ja erst an. Hoffentlich befestigt er das mal richtig, dass das jetzt nicht ständig umfällt.«

Als sie eine Stunde später wieder aufsteht und das Fenster zum Lüften aufreißt, entdeckt sie, dass auf ihrer Terrasse der Paravent umgestürzt ist, dabei ein offenes Schränkchen umgerissen hat und die ganzen Deko-Objekte, die darin standen, auf dem Boden verteilt liegen.

Ein Blick zum Nachbargatten hingegen zeigt, dass das Kunstobjekt dem Wind getrotzt hat.

Wo das Geld liegt

Beim Spaziergang bückt sich ein Mann plötzlich, hebt etwas vom Boden auf und hält es seiner Frau freudestrahlend unter die Nase. Es ist ein 5-Euro-Schein.

»Das Geld liegt auf der Straße!«, meint er lachend und steckt den Schein in die Hosentasche.

Wenige Tage später findet seine Gattin den Schein in der Waschmaschine, als sie die gewaschenen Hosen herausnimmt.

»Das Geld liegt in der Waschmaschine!«, freut sie sich und hängt den Schein zum Trocknen auf den Wäscheständer.

»Wie cool – das Geld hängt einfach rum!«, denkt sich der Sohn am Abend, als er beim Zähneputzen den Schein entdeckt, abnimmt, und in sein Zimmer mitnimmt. Dort verschwindet der Schein im Geldbeutel.

Entscheidungshilfe

Im Supermarkt ist ziemliches Gedränge, so dass man im Slalom um andere Einkaufswagen und Einkaufende herumlaufen muss.

Ein Mann ist beim Rangieren etwas unvorsichtig, sein Einkaufswagen kommt mit ziemlich viel Schwung an einem Angebotsständer zu stehen, auf dem verschiedene Kleinpackungen an Süßigkeiten aufgeschichtet sind.

Beim Aufprall fallen nacheinander 4 Packungen in seinen Einkaufswagen.

»Wie praktisch,«, meint er zu seiner Frau, die erschrocken die Hände vors Gesicht hält. »Vier Enkel – vier Süßigkeiten. Und die Auswahl hat der Wagen für uns getroffen!«

Das Größte für mich!

Bei der vierköpfigen Familie ist die Tante zu Besuch.

Da sie weiß, dass alle vier Familienmitglieder gerne Süßes essen, hat sie im Mitbringselkorb eine XXL-Packung Schoko-Süßigkeiten, die in vier Einzelpackungen unterteilt ist.

»So gibt es beim Essen keinen Streit.«, erklärt sie den Empfängern.

Am Abend macht sich der 13-Jährige daran, die Umverpackung aufzureißen und jedes der vier Einzelpakete zu wiegen. Die Mutter schaut amüsiert zu.

»Und – wo ist am meisten drin?«, fragt sie den Sprössling.

»Überall ist gleich viel drin!«, gibt der Sohn zurück. »Aber diese Packung hier sieht praller gefüllt aus, also nehme ich die!«, begründet der Bub seine Auswahl.

Je größer, desto besser

Es ist Saisonende im Europapark.

Die Gäste dürfen die Kürbisse, die als Herbstdekoration dienten, kostenlos als Souvenir mit nach Hause nehmen.

Ein Bub ist deswegen voll des Glücks. Er sucht sich einen aus.

Kurze Zeit später entscheidet er sich um.

Bis die Familie am Parkausgang angekommen ist, hat er den Kürbis ungefähr 20-mal gewechselt.

Der, der es endgültig sein soll, ist so groß und schwer, dass der Bub ihn kaum tragen kann.

Zu Hause angekommen, wird der Kürbis als Deko vor der Haustüre platziert.

Wenige Tage später fragt sich die Mutter des Buben, warum es vor ihrer Haustüre so unangenehm riecht.

Endlich wird der Kürbis, der inzwischen fault, als Ursache des üblen Geruchs entlarvt. Doch siehe da: Der Kürbis ist so riesig, dass er nicht einmal in die Biotonne passt. Zumindest nicht im Ganzen.

Als der Sohn von der Schule nach Hause kommt, wartet Arbeit auf ihn: das Zerkleinern des Kürbisses. Ob er ihn danach in der Biotonne oder ganz hinten im Garten auf dem Kompost entsorgt, ist der Mutter egal.

Sie ist sich sicher: Beim nächsten Mal wird der Sohn sich gut überlegen, ob es tatsächlich das größte Exemplar sein muss!

Vergiftungsgefahr?!

Als das Regenwetter der letzten Tage endlich nachlässt, macht sich die Familie auf den Weg zu einem Waldspaziergang.

Die Frau ist entzückt, denn entlang des Spazierweges stehen alle paar hundert Meter Pilze, und zwar jedes Mal eine andere Sorte. Ständig bleibt sie stehen, zückt das Handy und fotografiert die bunten Pilzkörper.

»Du machst jetzt aber nicht Fotos, um zu Hause im Pilzbestimmungsbuch herauszufinden, ob man die essen kann, oder?« fragt der Ehemann skeptisch.

»Wie kommst du denn auf die Idee?«, fragt seine Frau verwundert und fügt dann an: »Ich mache Fotos, weil ich die so hübsch finde, aus keinem anderen Grund!«

»Da bin ich ja froh!«, gibt der Ehemann erleichtert zu, »Denn heute Morgen sagtest du, es gäbe heute Pilzpfanne.«

Die Gattin lacht: »Das stimmt, aber die Pilze dafür habe ich aus dem Supermarkt, die warten schon längst zu Hause auf uns.«

Ein Mann in den besten Jahren

Bei einem Firmenausflug wird ein gemeinsames Mittagessen in einem Restaurant eingenommen.

Ein Mittvierziger bestellt bei der Bedienung das Gulasch als Seniorenportion.

»Warum willst du einen Seniorenteller essen?«, fragt sein Kollege ganz entgeistert, »Du bist doch ein Mann in den besten Jahren!«

Der Angesprochene stutzt: »Hab ich das? Du liebe Zeit! Das ist mir wohl schon zur Gewohnheit geworden!

Wir gehen am Wochenende immer auswärts essen, damit meine Frau nicht kochen muss«, erklärt er dann den Umsitzenden. »Das Problem ist aber, dass meine Kinder, die in der Pubertät sind, meinen, sie seien für den Kinderteller schon zu erwachsen. Also bestellen sie eine normale Portion, die sie aber nicht schaffen. Das Ende vom Lied ist, dass meine Frau und ich dann jeweils die Reste essen müssen. Und daher bestelle ich mir schon immer nur die kleine Seniorenportion, denn sonst nehme ich nur unnötig zu!«

Winter

Der erste Schnee

»Hurra!«, tönt es aus dem Kinderzimmer zur Aufstehzeit, »Endlich – der erste Schnee!«

So schnell wie an diesem Morgen war der Junge schon lange nicht mehr am Frühstückstisch erschienen.

»Mama, ich hab keinen Hunger!«, erklärt der Bub seiner Mutter und macht sich gleich daran, seine dicken Sachen für draußen anzuziehen.

»Ich will vor der Schule noch einen Schneemann bauen«, meint er noch, dann ist er auch schon draußen und freut sich an den weißen Flocken.

Die Mutter erinnert sich an ihre Kindheit, freut sich, und packt ihm doppelt so viele Brote zum Vesper ein, damit ihr Drittklässler in der Schule nicht verhungert.

Der Schneemann, den der Vater beim Verlassen der Wohnung antrifft, kann sich sehen lassen.

»Nun müssen wir aber wirklich los!«, ruft der Vater, »sonst kommst du zu spät in die Schule!«

Der Junge kann sich nur schlecht vom Schnee losreißen. Er setzt sich widerwillig ins Auto, da ihn der Papa auf dem Weg zur Arbeit an der Schule absetzt.

Als das Auto vor der Schule hält, fragt der Sohn mit suchendem Blick: »Wo ist eigentlich mein Schulranzen?«

Der steht zu Hause.

Im Weihnachtsstress

»Schatz, lass uns heute Abend mal gemütlich essen gehen«, überrascht ein Mann seine Gattin beim Nachhausekommen von der Arbeit.

»Oh, das geht leider nicht, heute ist doch der Weihnachtsmarkt in der Schule«, bedauert seine Frau, »da habe ich zugesagt, zu helfen.«

»Dann morgen vielleicht?«, fragt ihr Mann hoffnungsvoll.

»Das ist ebenfalls ungeschickt, da ist Adventsabend im Kindergarten. Und ich muss mich dort sehen lassen, schließlich bin ich Elternbeirätin«, meint seine Frau bedauernd.

»Wie sieht es dann übermorgen aus?«, fragt der Familienvater.

Wieder ein Kopfschütteln seiner Frau: »Da ist Weihnachtsfeier im Turnverein.«

»Dann machen wir es anders: Du sagst mir einfach, wann du Zeit hast, dann gehen wir da essen«, schlägt der Mann vor.

Sie greift zum Kalender und runzelt die Stirn.

»Das wird echt schwierig«, meint sie und zählt auf: »Mit meinen Freundinnen wollen wir noch einen Weihnachts-Mädelsabend machen, mit den Kindern will ich bei Abendbeleuchtung noch auf die Eisbahn nach Müllheim, dann ist da noch ein abendliches Weihnachtskonzert, wo Gerti singt, die Kinder wollten mit mir noch Weihnachtsplätzchen backen, irgendwann sind noch die Weihnachtsfeiern beim Hundesportverein und beim Roten Kreuz, Tante Erna wartet noch darauf, dass wir sie im Heim mal besuchen, da war ich diesen Monat auch noch nicht, … ich verliere so langsam den Überblick bei all den Terminen!«

Ihr Mann blickt sie ratlos an, dann hat er eine Idee:

»Und wie wäre es, wenn wir nach dem ganzen Vorweihnachtsstress einfach über Weihnachten ein paar Tage wegfahren und uns erholen?«

Kopfschütteln seiner Frau: »Über die Feiertage sind wir bei Onkel Titus eingeladen!«

Spendensammlung

Kurz vor dem Dreikönigstag.

Im Markgräflerland sind die Sternsinger unterwegs und laufen von Tür zu Tür.

Die Gruppe von Sternsingern klingelt an einer Haustür, wo ihnen eine alte Dame öffnet. Sie freut sich sichtlich über den Besuch der Heiligen Drei Könige, lauscht deren Gesang, hört sich den Spruch an, der aufgesagt wird und nickt, als man ihr mitteilt, wohin die Spendengelder dieses Jahres gehen.

Dann holt sie ihren Geldbeutel, kramt darin herum, zuckt mit den Schultern und fördert schließlich einen 100-Euro-Schein zutage.

»Es tut mir leid, ich hab keine kleineren Scheine«, meint sie bedauernd und geht mit dem Hun-

derter auf die Sammeldose zu. »Könnt ihr mir vielleicht rausgeben? 5 Euro würde ich spenden.«

Zur richtigen Zeit

Ein kulturell interessiertes Ehepaar findet sich
im Januar zum Abschlusskonzert des Markgräfler
Meisterkurses am Veranstaltungsort ein.

Es ist kurz vor 11 Uhr.

Doch hingegen der Ankündigung in den Medien
ist der Beginn des Konzerts erst um 11.30 Uhr.

»Ach wie schade«, meint die Frau etwas genervt, »da vertun wir nun unsere Zeit hier und sitzen dumm herum, während ich zu Hause noch Wäsche hätte aufhängen können und die Blumen gießen. So etwas ärgert mich!«

Doch ihr Gatte sieht das anders:

»Bleib ganz entspannt, mein Schatz, wir sind genau zur richtigen Zeit gekommen. Denn sieh nur,
dort stehen Butterbrezeln, es gibt Nusszopf, Kaffee
wird ebenfalls ausgeschenkt – was wollen wir
mehr?

Wir lassen es uns jetzt auf Kosten der Veranstal-
ter richtig gut gehen, setzen uns hier gemütlich auf
die Treppenstufen und genießen ein zweites Frühstück!«

Mitgedacht

Die Sternsinger sind unterwegs, es ist kurz nach Neujahr.

Nach einer langen Tour, die die Gruppe eine sehr lange Straße entlang führt, kommen sie schließlich an ein etwas abgelegenes Haus direkt am Stadtrand, wo die Felder beginnen.

Die Sternsinger klingeln, aber es tut sich nichts, keiner öffnet.

Als sich einer der Könige an die Haustür lehnt, springt diese plötzlich auf.

»Oh, da ist ja offen«, stellt der Jugendliche fest.

»Bestimmt ist der Hausbesitzer weggegangen und hat vergessen, dass er die Haustür nicht umgestellt hat. Das sollten wir nicht so lassen, da kommt ja jeder rein!«, schlägt ein anderer vor.

Die anderen nicken, einer stellt das Häkchen am Türschloss wieder auf die andere Position und zieht die Tür zu. Diese springt nun beim Ausprobieren nicht mehr auf.

Zufrieden, weil sie eine gute Tat vollbracht haben, gehen sie weiter über das Feld, um die nächste Straße abzuarbeiten. Dabei kommt ihnen eine Spaziergängerin mit Hund entgegen.

»Wart ihr gerade bei mir? Ich hab das letzte Haus dort. Ist ja schade, dass ich euch verpasst habe, um diese Zeit gehe ich immer mit dem Hund«, erzählt die Frau.

»Und sie haben vergessen, Ihre Haustüre richtig zuzumachen«, erklärt ihr einer der Sternsinger,

»aber Sie können ganz beruhigt sein, wir haben das für Sie erledigt!«

Die Spaziergängerin schaut verdutzt in die Runde.

»Ihr habt das erledigt? Wie meint ihr das? Ihr habt doch nicht etwa die Tür zugemacht?«

»Doch, das haben wir«, meint einer der Sternsinger ganz stolz.

»Oh, Mist!«, ärgert sich die Frau. »Wisst ihr, ich lasse die Türe extra offen, wenn ich mit dem Hund gehe und nehme keinen Schlüssel mit, denn so lange sind unsere Spaziergänge nicht und ich hab keine Lust, immer den Schlüsselbund mitzuschleppen.

Ein echter Weihnachtsmann

Bei einer Weihnachtsfeier kommen zwei Kollegen ins Gespräch.

Der eine freut sich auf Weihnachten und genießt die besinnliche Zeit davor, der andere ist eher gestresst.

»Wir haben noch keinen Weihnachtsmann gefunden, der an Heilig Abend bei uns im Kostüm vorbeikommt und dann den Kindern die Geschenke überreicht.«

»Gibt es für so etwas nicht Agenturen, wo man sich einen Weihnachtsmann buchen kann?«

»Das Problem ist, dass wir nicht irgend einen Weihnachtsmann brauchen, sondern wir brauchen

DEN Weihnachtsmann, mit echtem weißem Bart!«, bedauert der Familienvater.

»Meinen Sie, die Kinder würden das dem Bart ansehen, dass er nicht echt ist?«, fragt der Kollege interessiert nach.

»Und ob!«, ruft der Gestresste, »Letztes Jahr hatte meine Frau einen Nikolaus engagiert und als der in der Tür stand rief mein Sohn: »Das ist ja gar nicht der echte Nikolaus, der tut nur so, der Echte ist ein Bischof mit Mitra auf dem Kopf und Stab in der Hand, aber der hier hat ein Weihnachtsmann-kostüm an!«

Und dieses Jahr hat mir mein Sohn erklärt, wie man einen echten Weihnachtsmann von einem falschen unterscheiden kann, nämlich indem man ihn am Bart zieht.

Wenn es ein verkleideter Weihnachtsmann ist, dann hat man den Bart gleich in der Hand, schreit er aber »Aua!«, dann ist es der echte Weihnachts-mann.«

Schnelle Lösung

Traditionell trifft sich an Neujahr zum Mittagessen die ganze Großfamilie, um gemeinsam ein Fleischfondue zu genießen.

Der Tisch steht voll mit Leckereien, die in unzähligen Schüsselchen aufgetischt werden. Ist das Mahl beendet, folgt ein ebenso leckeres Dessert, bestehend aus heißem Schokoladenkuchen, zu dem Vanilleeis und Sahne gereicht werden.

Natürlich dürfen auch Cappuccino, Espresso oder Kaffee nicht fehlen.

»Hat mir noch jemand einen Kaffeelöffel?«, fragt jemand suchend in die Runde.

»Oh je«, meint die Gastgeberin bedauernd, »ich glaube alle Löffel sind in Benutzung, für die ganzen Soßen-Schälchen habe ich so viele benötigt.«

»Nimm einfach diesen hier«, meint ein Zehnjähriger und hält dem Kaffeetrinker einen Löffel mit sahniger Umhüllung entgegen.

Dieser tunkt den Löffel erfreut in den Kaffee, rührt den auf dem Grund der Tasse liegenden Zucker um und nippt am heißen Gebräu. Doch sofort verzieht er beim Schlucken das Gesicht.

»Weißt du, was für einen Löffel du mir da gerade gegeben hast?«, fragt er den Jungen.

»Den Sahnelöffel!«, behauptet der Bub voll Überzeugung.

»Nein, leider nicht«, sagt der Mann bedauernd, »es war der Löffel aus der Knoblauchsoße.«

Shower mit Schauer

Im Café sitzen zwei Freundinnen, essen ein Stück Kuchen und unterhalten sich über die Minusgrade, die es seit Tagen draußen hat.

»Stell dir vor«, meint die eine, und bei der Erinnerung daran schüttelt es sie: »Ich musste am Samstagvormittag bei minus 5 Grad duschen!«

»Um Himmels Willen«, entfährt es der anderen, »ist die Heizung im Bad ausgefallen?«

»Nein, mein Mann hat spät in der Nacht noch geduscht und ist dann ins Bett, ohne das Fenster wieder zu schließen«, erklärt die Kaltduscherin das Malheur.

»Und wie hast du reagiert?«, möchte die Freundin wissen.

»Ich habe ihn geweckt und so wie er war, nämlich im Schlaf-Shorty, habe ich ihn an den Briefkasten vor ans Gartentor geschickt, um mir die Zeitung zum Frühstück zu holen – das fand ich ausgleichende Gerechtigkeit, denn so habe ich beim Duschen noch nie gefroren!«

Die andere nickt verstehend.

»Weißt du«, meint sie dann zu ihrer Freundin, »bisher habe ich mich immer geärgert, dass unser Bad innenliegend ist und kein Fenster zum Öffnen hat, aber wenn ich das jetzt so höre, ist so ein Innen-Bad vielleicht doch nicht das Schlechteste!«

Die Sache mit dem Einkaufswagen

Im Supermarkt ist allerhand los, denn die Feiertage sind gerade erst vorbei und jeder nutzt die Gelegenheit, Verbrauchtes wieder nachzukaufen.

Ein Mann benötigt Joghurt.

Seinen Einkaufswagen, an den er vorne sein leeres Einkaufsnetz gehängt hat, stellt er in einer Ecke neben einer Kühltruhe ab, da er der Meinung ist, dort störe er niemanden. Dann wendet er sich dem Kühlregal zu, um seine Auswahl zu treffen.

Als er den Arm voller Joghurtbecher hat, dreht er sich um und möchte seine Beute gerne im Wagen abladen. Doch dort, wo er ihn hingestellt hat, ist er nicht mehr.

Also begibt sich der Mann mit dem Joghurtvorrat auf die Suche danach.

Ein paar Regale weiter wird er fündig. Ein anderer Mann schiebt den Wagen, der bisher seiner war, und hat ein paar Nudeln hineingelegt. Nun steht er suchend vor dem Nudelsoßenregal.

»Entschuldigen Sie«, spricht der Joghurtkäufer den Wagenschieber an, »Sie haben sich da im Wagen vertan. Das ist meiner, es hängt nämlich vorne mein Einkaufsnetz dran. Aber ich mache Ihnen einen Vorschlag: Sie schieben und füllen ihn jetzt, und nach der Kasse übernehme ich meinen Wagen wieder. Wäre das nicht eine gute Idee?«

Vergängliches

In der kalten Jahreszeit, wenn es über Nacht Frost hat, sind die zugefrorenen Autoscheiben, vor allem, wenn die Autos entlang eines Schulwegs parken, ein Eldorado für mitteilungsbedürftige Schulkinder.

Der Fantasie sind keine Grenzen gesetzt – vom Platz auf der Scheibe abgesehen – und man kann der Kreativität freien Lauf lassen.

Die Nachrichten und Kritzeleien reichen vom freundlichen »Hallo« über Mitteilungen wie »Es ist kalt« bis hin zu Vermutungen wie etwa »Lisa liebt Lukas.«

Mancher lässt es nicht bei so harmlosen Mitteilungen sondern beschimpft die Leser wüst, so dass man schließlich froh ist, an der Schule anzukommen und für den Rückweg einen anderen Weg wählt.

Doch auch dort wurden die Autoparker nicht verschont.

Ganz peinlich wird es, wenn die Mitteilungen so falsch geschrieben sind, dass ihr Sinn nur dann zu erfassen ist, wenn man sich das Geschreibsel laut vorsagt. So soll die Aussage »Eiwos hir« sicherlich »I was here« ausdrücken.

Nun gut, drücken wir mal ein Auge zu und hoffen, dass es kein Schüler der weiterführenden Schule war, der dies geschrieben hat.

Ein Gutes hat die winterliche Kritzelei auf jeden Fall: Sobald die Sonne die Scheiben erwärmt, werden alle Mitteilungen einfach gelöscht.

Am nächsten Tag darf man dann gespannt sein, welch tiefschürfende Nachrichten man dieses Mal zu lesen bekommt und ob das Mitteilungsbedürfnis der Jugend mit den weiteren kalten Tagen nachlässt.

Geschmäcker sind verschieden

Mit ihren Söhnen im Schlepptau betritt eine Mutter den Frisörsalon.

»Jetzt zu Weihnachten sollten die Jungs mal wieder etwas menschlich aussehen«, erklärt sie der Frisörin, die sich der Jungen annimmt.

»Der letzte Haarschnitt ist 5 Monate her, bitte machen Sie was Anständiges aus den Jungs.«

Beide Buben geben der Frisörin sogleich zu verstehen, dass sie ihre Haare, so wie sie sind, völlig in Ordnung finden und überhaupt keinen Sinn in ihrem Tätigwerden sehen, doch die Mutter besteht darauf. Sie gibt Anweisungen, wie sie sich die Haarpracht der Jungen vorstellt, die Buben geben aber gewisse Eckpunkte vor.

So schreitet die Frisörin zur Tat.

Als der Jüngere fertig ist, verkündet er laut:

»Mensch, ich sehe voll peinlich aus!«, während die Mutter ihn lobt, wie süß er doch aussehe.

Als beide Buben fertig und die Haarschnitte bezahlt sind, verlassen sie zu dritt den Salon.

Auf der Straße wendet sich die Mutter an den Älteren: »Sag mal, was hast du dir dabei denn gedacht? Du siehst ja noch furchtbarer aus, als zuvor!«

Der Junge grinst sie an und erwidert: »Wieso regst du dich auf? Du wolltest, dass ich mir die Haare schneiden lasse. Und mir gefällt's!«

Logische Wortkreation

Die Sechstklässler schreiben im Deutschunterricht einen Grammatiktest, bei dem die Schüler Wortarten bestimmen müssen.

Als der Sohn den Test zurückbekommen hat, sitzen die Eltern gemeinsam an den Tisch und wollen testen, was sie selbst gewusst hätten.

»Ach du liebe Zeit: Demonstrativpronomen, Possesivpronomen, Adverb – ich habe all diese Fachbegriffe nie auseinanderhalten können«, gibt der Vater rundheraus zu.

Die Mutter nickt wissend: »Ich hatte auch immer meine Probleme damit!«, meint sie, dann deutet sie auf eine Wortkreation ihres Sohnes:

»Schau mal, bei den Wörtern das und dass hat er als Bezeichnung »Risikopronomen« geschrieben.«

Der Vater lacht: »Recht hat er, die meisten Leute wissen doch nicht, wann sie das oder dass schreiben müssen, es bleibt also immer ein Risiko, es falsch zu machen.«

»Schade nur«, bedauert die Mutter, »dass es diese Wortkreation nicht gibt und er nicht einmal einen Punkt für Kreativität dafür bekommen hat!«

Kundschaft, wie man sie mag

Kurz vor den Feiertagen ist Hochbetrieb in der Metzgerei.

Eine Dame kauft Unmengen für die Feiertage ein, dementsprechend hoch ist die Rechnung. Sie reicht zum Bezahlen zwei Hundert-Euro-Scheine über die Theke, nimmt das Rückgeld entgegen und macht dann schnell den nächsten Kunden Platz, die bedient werden wollen.

Keine 5 Minuten später steht die Dame wieder im Laden:

»Sie haben mir falsch rausgegeben!«

Dann reicht sie einen 10-Euro-Schein über die Theke und erklärt dazu: »Hier, der Zehner war zu viel! Der fehlt Ihnen doch sonst heute Abend in der Kasse!«

Die Verkäuferin, der das Missgeschick passiert ist, bedankt sich artig für die Ehrlichkeit der Kundin und legt das Geld in die Kasse.

»Wie gut«, meint sie zur Kollegin gewandt, »dass es noch so ehrliche Kunden gibt!«

»Dabei wären wir gar nicht auf deren Ehrlichkeit angewiesen«, erwidert die andere, »wenn du einfach aufgepasst und richtig rausgegeben hättest!«

Katastrophentag

Für die Feiertage möchte jeder schön sein, daher ist Hochbetrieb beim Friseur.

Die Kundin ist gerade fertig gestylt und die Friseurin greift zum Spiegel, um ihr zu zeigen, wie der Hinterkopf aussieht. Dabei bleibt sie hängen, ihr entgleitet der Spiegel und zerspringt auf dem Boden.

Während der Friseurin selbst nur ein »So was Blödes!« entfährt, kommen von allen Seiten Weisheiten und Bemerkungen:

»Das bringt sieben Jahre Unglück!«

»Scherben bringen Glück«, aber auch:

»Oh je, das bedeutet, du bekommst eine böse Schwiegermutter!«

Als die Kundin bezahlt hat, möchte die Friseurin ihr in den Mantel helfen. Doch beim Abnehmen des Bügels von der Garderobe fallen gleichzeitig fünf andere Bügel zu Boden, so dass es laut scheppert.

»Das fängt ja gut an heute«, meint die Friseurin schon völlig frustriert, »und dabei sind Sie erst meine fünfte Kundin am heutigen Tag. Wenn das so weitergeht dann flute ich noch den Salon, schneide eine falsche Länge oder verwende die falsche Farbe. Ich glaube, es wäre besser, gleich nach Hause zu gehen!«

»Ach was«, meint die Kundin tröstend, »ab jetzt kann es nur noch besser werden!«

Kaum ausgesprochen, stolpert sie über die Weihnachtsdeko vor der Eingangstüre.

Im Schnellrestaurant

Eine Frau ist für Weihnachtseinkäufe in die Freiburger Innenstadt gefahren.

Irgendwann überkommt sie der Hunger, sie möchte sich aber nicht die Zeit nehmen, in ein Restaurant zu gehen und dort lange aufs Essen warten zu müssen. Sie beschließt, ein asiatisches Schnellrestaurant aufzusuchen, wo sie auch noch einen freien Tisch findet und ihre Sachen ablädt.

In der Schlange an der Theke studiert sie die angebotenen Speisen. Nachdem sie ihre Entscheidung getroffen hat, liest sie ein handgeschriebenes Schild, das an der Scheibe des Tresens klebt: »Die Lunchbox Togo darf nicht im Lokal verzehrt werden.«

»Komisch«, denkt sich die Frau, »warum bietet ein asiatisches Schnellrestaurant eine Lunchbox an, die nach einem westafrikanischen Staat benannt ist? Was ist eine Lunchbox und warum darf das Essen, das hier ausgegeben wird, nicht im Lokal verspeist werden?«

In diesem Moment kommen der Frau zwei junge Leute entgegen, die eine Pappschachtel in der Hand halten, aus der sie sich das Essen in den Mund schieben.

Da fällt bei der Frau der Groschen: Eine Mahlzeit zum Mitnehmen ist gemeint, auf Neudeutsch »to go«.

Höchste Eisenbahn

Nach dem Feiertagsstress treffen sich zwei Freundinnen zum gemeinsamen gemütlichen Frühstück.

»Du hast ja eine Brille!«, stellt die eine entgeistert fest.

»Ja«, nickt die andere, »aber auch erst seit 3 Tagen. Es ging nicht anders, das wurde mir deutlich, als ich im November bei einer Betriebsbesichtigung war.

Ich musste mal, lief den Flur entlang, hatte den Griff der Toilettentüre schon gedrückt und wollte sie schon schwungvoll öffnen, da fiel mir gerade noch auf, dass die Figur auf der Toilettentüre gar keinen Rock trägt …. Das sah ich nur, weil ich mit der Nase quasi direkt davor hing.

Noch am selben Tag habe ich einen Termin beim Optiker ausgemacht. Und du glaubst gar nicht, was ich plötzlich alles sehe!«

Nicht alle Tassen im Schrank

Beim Ausräumen der Spülmaschine fördert die Frau 5 Kaffeetassen eines Sets zutage, im Schrank ist jedoch keine sechste.

»Da fehlt doch eine!«, überlegt die Frau, »wo ist die nur?«

Sie startet die Suche nach der sechsten Tasse.

Weder auf dem Schreibtisch noch in einem der Zimmer ihrer Kinder wird sie fündig.

Plötzlich fällt es ihr ein: Neulich war der Mann von der Sanitärfirma da, um die Heizung zu checken. Dem hat sie eine Tasse Kaffee in den Keller gebracht, er hat sie entgegengenommen und erst einmal auf der Gastherme abgestellt.

Sie geht in den Keller. Tatsächlich, da steht die Tasse. Und zwar genau so, wie er sie ihr damals abgenommen hat.

Nur der Kaffee ist heute nicht mehr trinkbar.

Gedächtnislücken

Eine Freundesgruppe trifft sich im Restaurant zum gemeinsamen weihnachtlichen Abendessen.

Als die Bestellung aufgegeben ist, erzählt ein ehemaliger Betriebsrat, er sei immer für die Essensvorbestellung bei Firmenausflügen zuständig gewesen.

»Zum Schluss habe ich nicht nur notiert, wie viele Essen jeder Sorte bestellt wurden, sondern auch, wer was bestellt hat, denn die Leute behaupteten immer, das hätten sie nie bestellt!«

Kurz darauf bringt der Kellner die Getränke an den Tisch und verteilt sie.

Der Betriebsrat und ein alkoholfreies Bier bleiben übrig.

»Das hatte ich definitiv nicht bestellt, ich wollte Apfelschorle«, meint er und schaut den Tisch rauf und runter. »Aha, mein Apfelschorle ist da drüben gelandet, dann nehme ich halt dieses Bier!«, und zu seinem Gegenüber meint er: »Hatten wir es nicht gerade davon? Wie man sieht, wissen die Leute schon nach 10 Minuten nicht mehr, was sie gerade bestellt hatten!«

Sechster Gang gratis

Die Familie hat Urlaub mit Halbpension gebucht. Am Abend wartet ein 5-Gänge Menü.

Der zehnjährige Sohn möchte nichts davon, auf Nachfrage, ob es auch ein Kindermenü gebe, zählt der Ober auf:

»Pommes, Schnitzel, Chicken Nuggets, Spätzle, ….«

»Spätzle!«, ruft der Sohn erfreut.

Geliefert werden ihm dann allerdings Käsespätzle, die der Bub nicht mag.

»Ich wollte Spätzle mit Rahmsoße, nicht mit Käse.«, mault der Junge, der Ober entschuldigt sich, bestellt in der Küche neu.

Zwischenzeitlich rotiert der Käsespätzleteller am Tisch: Mutter, Vater und anderer Sohn nehmen sich je einen Teil, denn alle lieben Käsespätzle.

»Morgen bestellst du einfach Schnitzel mit Pommes!«, weist die Mutter den Zehnjährigen an. »Wenn wir nämlich jeden Abend noch zu unserem

5-Gang-Menü irgendwelche Fehlbestellungen vertilgen müssen, platzen wir am Ende des Urlaubs aus allen Nähten!«

Zu viel des Guten

Einen Tag vor Heilig Abend steht der Familienvater beim Metzger, um die Feiertagsbestellung abzuholen.

Als ihm mehrere Platten mit tiefgefrorenem Fleischfondue überreicht werden, erschrickt er:

»Das kann nicht meine Bestellung sein, so viel brauchen wir doch gar nicht!«

Die Verkäuferin greift zum Bestellzettel, wo schwarz auf weiß steht, dass er dreierlei Sorten Fleisch à 750 Gramm bestellt hat.

»Verflixt«, meint der Mann, »da war ich wohl in Gedanken! Ich wollte insgesamt 750 Gramm, nicht jeweils!«

Als er nach Hause kommt, meint er zu seiner Frau: »Gibt es jemanden, den wir zu Silvester einladen können, der gerne Fleischfondue isst?«

Seine Gattin schaut ihn nur fragend an.

»Ansonsten werden wir mehrere Tage nacheinander in den Genuss desselben kommen«, stellt er in Aussicht.

Ein Hauch von Advent

Beim Hochziehen des Rollladens sieht eine Frau am Morgen zwischen ihren Blumenkästen draußen vor dem Fenster ein Päckchen liegen.

»Huch«, denkt sie sich, »das ist ja fast wie im Advent, wenn man morgens erst einmal ein Päckchen öffnen darf.«

Doch dann stutzt sie. »Die Kinder haben gestern sicher nicht drauf geachtet, als sie den Rollladen herunterließen. Aber normalerweise habe ich doch einen Benachrichtigungszettel im Briefkasten, wenn was an meinem Ablageort hinterlegt wurde.«

Als sie das Fenster öffnet und das Päckchen hereinholt, findet sie ihn auch.

Er klebt auf dem Paket.

Darauf steht: »Ihr Paket wurde am vereinbarten Ablageort hinterlegt.«

Irgendwann reicht's!

Als die Söhne von der Schule kommen, wollen sie wissen, was es zum Mittagessen gibt.

»Kürbissuppe«, lautet die Ansage der Mutter.

»Schon wieder?«, fragt einer der Jungs und reklamiert: »Die gab es doch erst gestern!«

»Und wir haben Februar und Kürbissuppe ist eindeutig ein Essen für den Herbst«, mault der andere Sohn.

»Da kann ich euch leider nicht helfen«, meint die Mutter nur: »Euer Vater hatte dieses Riesenteil als Dekoration angeschleppt, und vor der Haustüre in unbeschädigtem Zustand hat er sich eben gut gehalten. Nachdem aber nun der kleine Kürbis das Schimmeln angefangen hat, ist mir der Große wirklich zu schade zum Wegwerfen. Und daher wird er gegessen!«

»Aber warum ausgerechnet als Suppe und das jeden Tag?«, fragt einer der Jungs nach.

»Keine Sorge, ich habe nicht nur Suppe geplant«, verrät die Mutter: »Die Suppe heute ist der Rest von gestern. Die nächsten Tage gibt es ihn dann als Püree, überbacken im Backofen sowie als Zugabe im Risotto. Habt ihr noch andere Ideen?«

So kann's gehen

Das Ehepaar hat Karten für das Springreitturnier Anfang Januar in Basel.

Sie sitzen völlig gebannt in den Zuschauerrängen und beobachten die Springpferde, als plötzlich folgende Durchsage beide vom Zuschauen ablenkt:

»Der Fahrer des blauen Audis mit dem Kennzeichen ….. möge bitte umgehend sein Fahrzeug entfernen. Er hat über einem Kanaldeckel geparkt. Die Kanalarbeiter möchten gerne ihren Arbeitsplatz verlassen, kommen aber derzeit nicht heraus ….«

»Sowas hab ich jetzt auch noch nie gehört, das ist ja zum Wiehern, diese Durchsage«, lacht die Frau und ihr Mann meint:

»Dann passt sie ja bestens hierher zu den Pferden.«

Zootag

Die Familie ist im Auto unterwegs.

An einer roten Ampel fährt der Vordermann einfach weiter, ohne zu halten.

Beim Abbiegen vergisst der nächste Vorausfahrende das Blinken, anschließend fährt ein Vordermann 20 km/h weniger als erlaubt. Und dann schneidet ein Fahrer beim Überholvorgang den Familienvater. Der flucht und meint dann resigniert:

»Heute ist eindeutig Zootag!«

»Zootag? Wir fahren in den Zoo?«, fragt eines der Kinder von der Rückbank.

»Nein, das nicht, aber die Autofahrer benehmen sich heute alle, als wären sie Rindviecher, Affen, Hornochsen, dumme Gänse, blöde Kühe oder sonst irgendein Tier, das mit Sicherheit des Fahrens nicht mächtig ist.«

Corona-Geschichten

Gleichgewichtsübung

Ausgerechnet während die drastischen Corona-Maßnahmen gelten, eröffnet ein neuer Supermarkt.

Anstelle einer großen Eröffnungsfeier sind daher nur die wichtigsten Leute und die Presse eingeladen, um das Geschäft offiziell zu eröffnen.

Da die Hygienevorschriften das Händeschütteln verbieten, versuchen zwei Herren, das Begrüßungsritual auf die Füße zu verlagern. Jedoch scheint das ein ziemlicher Balanceakt zu sein. Und das noch dazu inmitten von Weinregalen.

Denn während man beim Händeschütteln mit beiden Füßen auf dem Boden steht, wanken beide Herren, die jeweils einen Fuß erhoben haben, um ihn aneinander zu stoßen, doch gewaltig.

Was wäre wohl, wenn einer der beiden tatsächlich das Gleichgewicht verlöre, rückwärts stürzte, und dabei an einem der Weinregale Halt suchte?

Solidarischer Einkauf

Den Supermarkt darf man aufgrund der Corona-Regelung nur als Einzelperson betreten.

Vor einem Regal mit Öl steht ein Mann und spricht in sein Handy.

Eine Frau, die in vorgeschriebenem Abstand steht, entnimmt den Gesprächsfetzen, dass der Mann zu Hause anruft, weil er Fragen zum Kauf von Olivenöl hat, sein Kind gibt das Telefon jedoch nicht an die Mutter weiter.

»Kann ich Ihnen vielleicht helfen«, bietet sie an, als der Vater entnervt aufgibt.

Die Frau erläutert dem Mann die Unterschiede der verschiedenen Olivenöle, bis der Mann schließlich eine Entscheidung trifft.

»Und wie kann ich mich nun erkenntlich zeigen?«, fragt er.

»Ganz einfach«, meint die Frau und zeigt auf die Packung Klopapier, die der Mann in seinem Einkaufswagen hat. »Ich habe keines mehr zu Hause und hier im Laden kamen mir andere zuvor. Wie wäre es, wenn Sie mir davon draußen zwei Rollen abgäben?«

Gassigehen mal anders

Ein Ehepaar genießt das frühlingshafte Wetter und geht spazieren. In Zeiten von Corona ist der Waldweg wie leergefegt.

Plötzlich kommt um eine Kurve herum ein Hund angerannt. Dahinter fährt ein Auto.

Als die Fahrerin sieht, dass Fußgänger unterwegs sind, hält sie an, ruft den Hund zu sich und wartet mit laufendem Motor, bis das Paar vorbei ist. Dann rennt der Hund weiter, sie steigt wieder ein.

»Ist das die neue Methode Gassi zu gehen, um sich nicht anzustecken?«, fragt der Mann stirnrunzelnd.

»Ich glaube eher, die Hundehalterin nutzt die Coronazeit, um es selbst bequem zu haben. Stell dir vor, es wäre normaler Spaziergängerbetrieb hier. Sie käme mit ihrem Auto ja gar nicht voran!«, erwidert die Frau.

Allerhand tierische Waldbewohner

Corona-Zeit ist Spaziergeh-Zeit.

Ein Ehepaar sucht sich mittels einer Wander-App jeden Tag eine neue Route durch den Schwarzwald, wo es zwei bis drei Stunden unterwegs ist, um frische Luft zu schnappen.

Auf einem Wanderweg, der an der Schwärze oberhalb Badenweilers startet, entdeckt das Paar einen Baumstumpf, der ungefähr tischhoch ist. Darauf wächst neben Farn auch etwas Blühendes. Und unter dem Grün hat es sich ein kleiner Bär gemütlich gemacht. Gelb ist er, und stammt aus einem Ü-Ei. Es sieht aus, als wohne er da, in einem kleinen grünen Paradies.

»Neben Rehen, Schnecken, Käfern, Blindschleichen und allerhand Vögeln ist das unser erster Bär, den wir beim Spazierengehen treffen«, meint die Frau und freut sich.

Und wer weiß, was die beiden noch so treffen.

Zu gut erholt

Nach den Pfingstferien muss der Achtklässler während drei Tagen wieder zum Präsenzunterricht in die Schule.

Am Montag direkt nach den Ferien steht jedoch Video-Unterricht an.

Sich die Haare raufend sitzt der Bub vor dem Computer. Als die Mutter fragt, was los sei, sagt der Junge, er habe sein Passwort vergessen.

»Da hast du dich ja extrem gut erholt, während der Ferien, wenn dabei dein Gedächtnis gelöscht wurde«, meint die Mutter lachend.

Aufgeschrieben hat er das Passwort natürlich nicht. Also erhält er ein neues vom Administrator.

Am Wochenende darauf wird der Bub von seiner Mutter dazu angehalten, mal seinen Schreibtisch aufzuräumen.

Und was findet er dort unter Bergen von Büchern und Heften? Einen Zettel mit den Zugangsdaten zum Videounterricht.

Reine Muskelkraft

Während des Corona-Lockdowns ist das Ehepaar auf den Geschmack gekommen, öfter einmal eine Radtour zu unternehmen.

Aufgrund des schönen Wetters beschließt es an einem Samstag, eine mehrstündige Fahrradtour zu unternehmen. Da ihr Mann gut trainiert ist, leiht sich die Frau ein E-Bike, um überhaupt mithalten zu können.

Als die Strecke durch den Schwarzwald führt, ist die Frau im Vorteil, denn sie fährt völlig anstrengungsfrei die Steigungen hinauf, während ihr Mann heftig treten muss.

Plötzlich werden beide von einem Rennradfahrer überholt, der ihnen freundlich zuwinkt und dann an ihnen vorbeizieht.

»Nun schau dir das an!«, meint die Frau »mit reiner Muskelkraft überholt der uns hier am Berg! Da fällt mir ja nichts mehr ein.«

»Klar«, meint ihr Mann, »leichtes Fahrrad und dünne Reifen – mit so einer Ausstattung könnte ich das auch!«

»Wie gut, dass er mit dem Mountainbike fährt«, denkt sich die Frau, »sonst würde er mich wahrscheinlich – trotz des Antriebs – einfach abhängen.«

Verkehrte Welt

Da die Fahrradtouren dem Ehepaar inzwischen zur wöchentlichen Gewohnheit geworden sind, überreden sie ihren siebzehnjährigen Sohn während der Sommerferien, sie zu begleiten, damit er auch einmal die 90 Kilometer mit ihnen fährt.

Denn so ein junger Kerl hat schließlich Kraft ohne Ende und sollte nicht nur vor dem Bildschirm, über den Schulbüchern oder vor dem Fernseher sitzen. Noch dazu besitzt er ein flottes Mountainbike mit 27 Gängen.

Der Bub fährt anfangs noch begeistert voraus, mit der Zeit jedoch lässt sein Elan nach.

Nach 50 Kilometern machen die Drei Pause in einer Pizzeria. Der Junge ist fix und fertig und klagt über Schmerzen im Rücken sowie im Ellenbogen. Er will die Tour nicht zu Ende fahren.

So kommt es, dass man beschließt, die ebene Strecke zurückzufahren, anstatt weiter über die Schwarzwaldberge zu radeln.

Die Mutter sitzt dazu auf dem Mountainbike, während der Sohn auf dem E-Bike den Luxus des einfachen Tretens genießt.

Bei der nächsten Bahnstation machen sie halt. Der Sohn fährt mit dem Mountainbike im Zug nach Hause, während die Eltern weiter mit dem Rad fahren.

Am Ende des Ausflugs sind die Eltern ganze 100 Kilometer geradelt. Und die Bahnfahrt ging zu Lasten des Taschengelds. Zukünftig gehen die Eltern jedenfalls ohne Sohn auf Fahrradtour!

Unvorstellbar

Die Familie musste bei der Sommer-Urlaubsplanung umdisponieren. Ihr Flug nach Madeira wurde gestrichen, so dass sie spontan auf Thüringen umbuchten.

Auf der Autobahn in Richtung Urlaubsziel geht es flott voran.

Plötzlich meldet sich das Navi zu Wort und verblüfft die Familie mit folgender Meldung:

»In zwei Kilometern ist mit Eisglätte zu rechnen!«

Mutter und Vater schauen sich ungläubig an, dann lachen sie gleichzeitig los.

»Alles was recht ist, aber das kann nicht sein!«, meint der Vater kopfschüttelnd.

»Wahrscheinlich ist es eine Ölspur, vor der uns das Navi warnen möchte«, vermutet seine Frau, »denn bei 37 Grad Außentemperatur kann ich mir die Warnung vor Eisglätte beim besten Willen nicht erklären. Das bringt selbst Corona nicht zustande!«

Windschnittiger Mitfahrer

Die Familie ist mit dem Wagen auf der Heimfahrt.

Kurz bevor das Auto auf die Autobahn fährt, fällt dem Vater beim Warten an der Ampel auf, dass auf seinem Rückspiegel ein Grashüpfer sitzt.

»Schaut mal, wir haben einen Mitfahrer«, sagt er zu den Kindern, die daraufhin interessiert die Hälse recken.

»Mal sehen, wie lange der noch da sitzt, bevor er weggeweht wird«, meint eines der Kinder.

»Wir können ja wetten, bei welcher Geschwindigkeit er abhebt«, schlägt das andere vor.

Alle sind sich sicher, dass der Mitfahrer spätestens bei 100 km/h verschwindet.

Bei 120 km/h sitzt er immer noch auf dem Rückspiegel, jedoch zerrt der Wind deutlich an ihm.

Die Kinder sind begeistert, die Eltern erstaunt.

Kurz darauf verschwindet der Grashüpfer dann doch.

»Jetzt überlegt mal, wir wären mit dem Flugzeug unterwegs«, meint einer der Jungs. »Da wäre er ruckzuck davongeflogen!«

»Oder aber er wäre einfach festgefroren«, gibt der andere Bub zu bedenken.